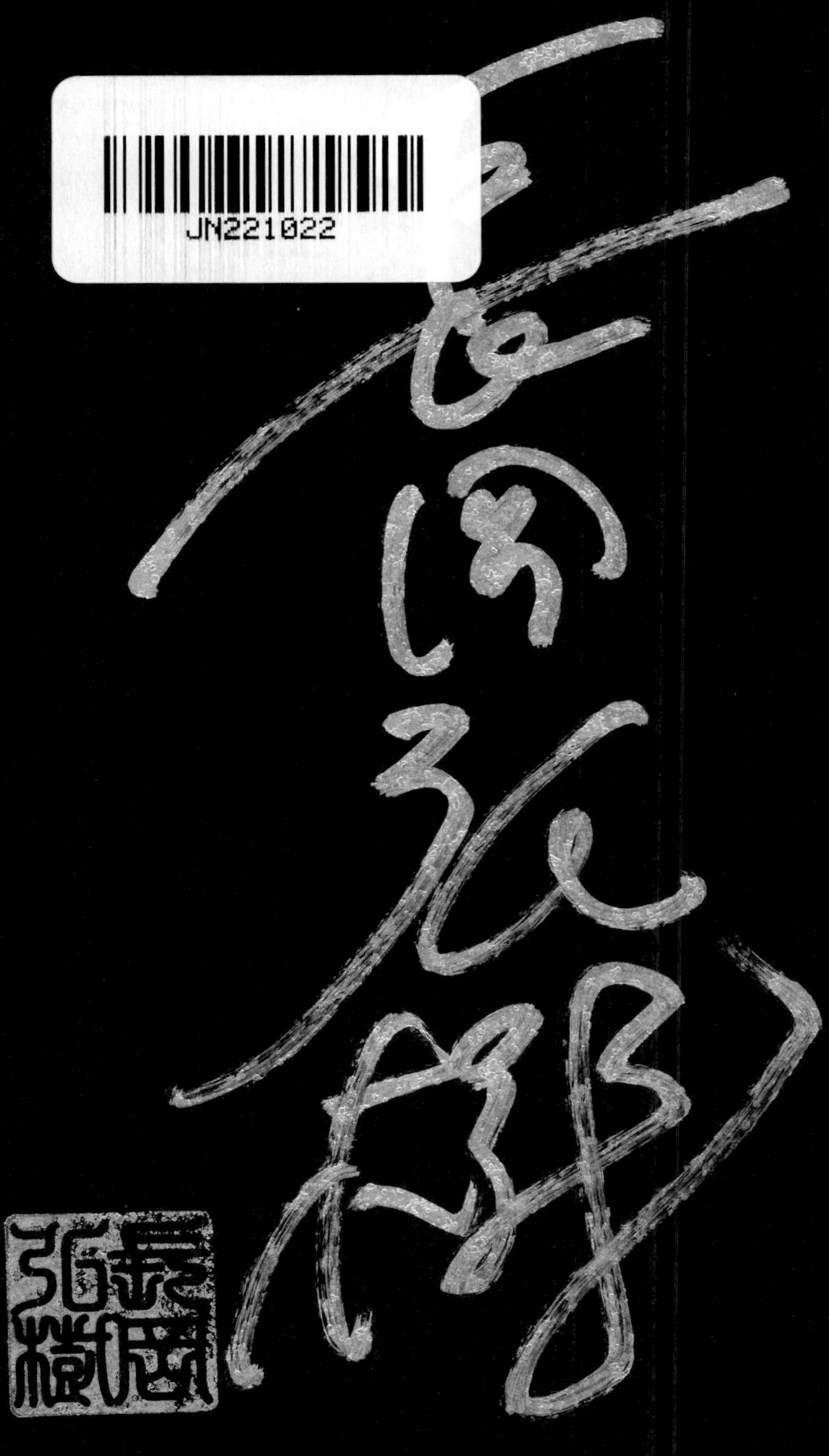

白衣の嘘

長岡弘樹

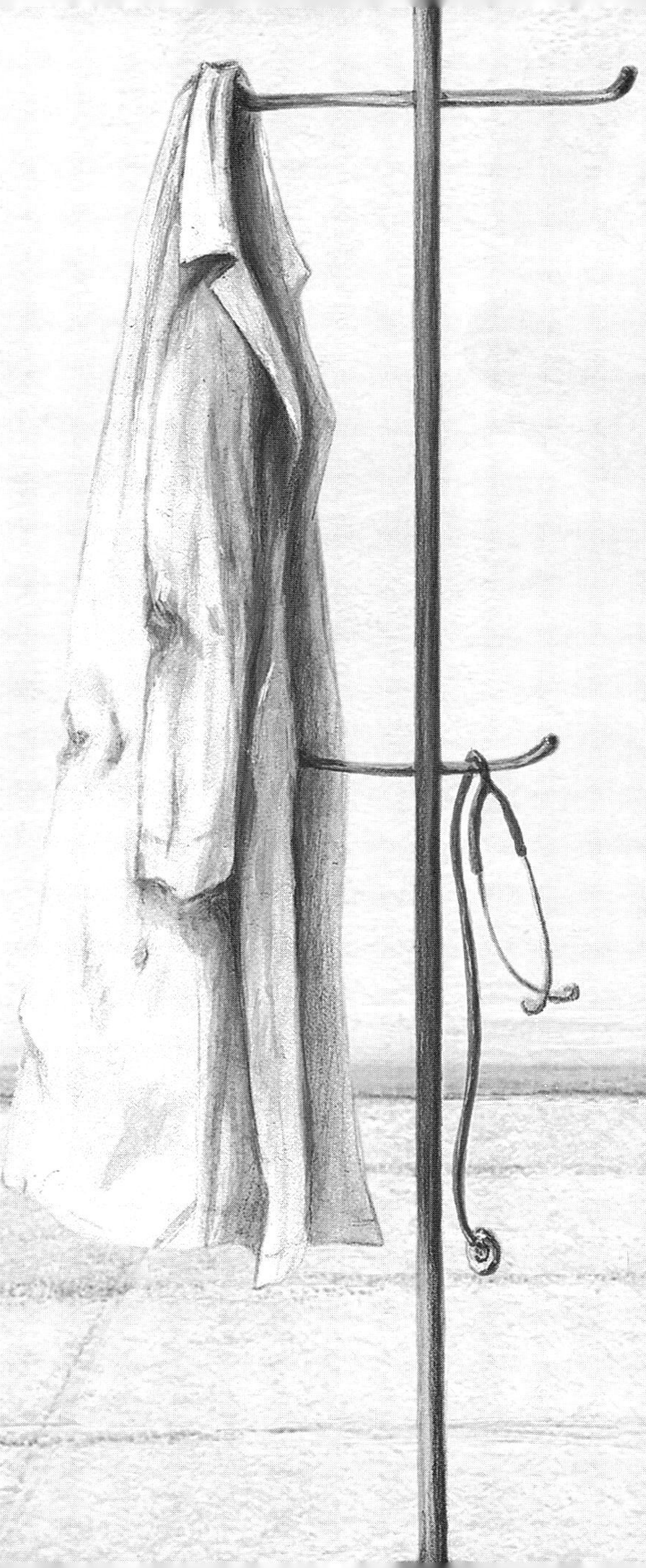

角川書店

白衣の嘘

CONTENTS

装画　古屋智子
装丁　片岡忠彦

最後の良薬

1

持針器《じしんき》の先で、３／８サークルの弱彎針《じゃくわんしん》が震えている。

傷はなんとか縫い終えたが、最後の結紮《けっさつ》がどうしてもうまくできない。

副島真治《そえじましんじ》は、いったん縫合実習シミュレーターから顔を上げ、ウェットティッシュで額の汗を拭《ぬぐ》った。

シミュレーターなどと大層な名前で呼ばれてはいるが、いま目の前にあるキットは、ソフトビニール製の人工皮膚を発泡材の芯《しん》に被《かぶ》せただけの代物だから、見ようによっては馬鹿げた玩具《おもちゃ》といえた。こんなものに振り回されている自分に腹が立ってくる。

深呼吸を一つし、再び持針器を持とうとしたとき、電話機の内線ランプが点灯した。反射的に手が動き、コール音が鳴る前に受話器を持ち上げていた。

《急患です。腹痛を訴えています》

切迫した看護師の声に、副島はサンダルに足を突っ込み、廊下を走った。

救急治療室へ向かいながら、シャツのボタンが外れたままになっていることに気づいた。一番上までかけ直し、自分の頬に一発張り手を食らわす。もしかしたら眠そうな目をしていたのではないかと思ったからだ。いまは午前二時を少し回ったところだった。二十二時間、一睡もしていない計算になる。

職員数四十人弱の個人病院とあっては、頻繁に宿直の当番が回ってくるのはしかたがなかった。だが、今月のように四日に一度のペースとなれば、患者よりもまず自分の体を心配するべきなのかもしれない。

当直の看護師は、すでに患者の男を救急治療室のベッドに寝かせていた。

ベッド上の男は、まだ二十代と見えた。小柄で、頭髪を短く刈り上げている。

アナムネを教えてください。そうこちらが要求する前に、ベテランの看護師はアナムネーゼ——患者の既往歴や、症状がいつからどのように始まったかなどの情報——をてきぱきと伝えてきた。

「おせえよ、何してんだ。さっさと診察しろって」

急患の男が怒鳴った。

「静かに願います。両手を体の横に置いてください。お腹を出せますか?」

「できるわけねえだろ。痛くて動けねえんだから」

動けないと言っておきながら、男は枕を投げつけてきた。とっさによけると、枕は奥にあった消毒器にぶつかり、鉗子《かんし》や圧舌子《あつぜつし》が派手な音を立てて床に散らばった。

「痛《いて》え……」

呻《うめ》き声を上げ体を丸めた男に、警戒しながら近づいていく。看護師に手伝ってもらい、着衣の裾《すそ》を胸のあたりまで捲《まく》り上げた。

視診したかぎりでは、皮疹《ひしん》や腫瘤《しゅりゅう》といった異常は見当たらなかった。わずかに膨満しているぐらいか。

続いて、患者に膝《ひざ》を立てさせ、触診に取りかかろうと、肌に触れたところ、男は、凄《すご》い形相で歯をむき、唾《つば》を吐きかけてきた。

「痛えって言ってんだろがっ」

危険だと判断し、いったん男から離れた。

「この人、今日は、午後から就職の面接があるそうなんです」看護師がこちらの耳元で囁《ささや》いた。

「もし受けられなかったら一生を棒に振ることになる、と言っていました」

人生の重大事と重なるタイミングで急病に見舞われた不運は、分からないでもない。だが医者に八つ当たりをするような粗暴な性格では、何百社を受けたところで採用してくれるところがあるかどうか怪しいものだ。

それはともかく、まずはこの男を黙らせるしかない。

鎮静剤を注射するべきか。そう考えていたところ、背後から誰かに肩を軽く叩《たた》かれた。

振り返ると、そこに立っていたのは児玉利明《こだまとしあき》だった。

「ここは任せろ」

児玉は素早い手つきで、武器になりそうな医療器具を、要領よく患者の周りから遠ざけつつ、

「おまえはもう休め」

治療室から出るよう、目の動きで促してきた。

言われたとおり廊下に出て、治療室のドアに耳を当ててみる。

児玉の話し声がわずかに漏れ聞こえてきた。治療室の扉が厚いため、言葉の内容までは聞き取ることができないが、落ち着いた口調であることだけはよく分かった。

男の怒声はもう聞こえてこなかった。

2

自分のデスクに戻っても動悸《どうき》が収まらなかった。患者から暴力を振るわれたのは初めてではないが、何度経験しても慣れるということはない。

しばらくすると、スタッフルームの入り口に児玉が姿を見せ、自分のデスクに腰を下ろした。

グリーンの診察衣に包まれた彼の体軀《たいく》は今日も堂々としていた。トレードマークの顎鬚《あごひげ》も、いつものように丁寧に刈り込まれていて、不潔さを微塵《みじん》も感じさせない。学生時代は自転車部に所属し、ロードレースの選手でもあったという。太腿《ふともも》の筋肉がよく発達していることは、ズボンの上からでも容易に窺《うかが》い知れる。

「ただの急性腸炎だったよ」

「何を処方しました？」

訊《き》きながら、副島は白衣のポケットに入れていたメモ帳を慌てて取り出した。

ブスコパン一筒に十五パーセントのグルコース——児玉の返事を手早くメモしながら重ねて訊いてみる。

「あんなに暴れていた相手を、どうやっておとなしくさせたんですか」

「精神状態が不安定になっている患者には、まず酸素投与を考えてみるといい。それから低血圧、低血糖、薬物やアルコール依存症を疑うことも大事だ。だが――」

こちらが握り締めたボールペンを、児玉の手がそっと押さえてきた。副島はメモ帳から顔を上げた。

「そんなことより、もっと覚えておくべきコツを教えよう」

「お願いします」

「二つある。まず、これは前にも何度か言ったと思うが、表情だ。患者には柔和な笑みで応対すること。徒《いたずら》に不安感を煽《あお》ったりしないようにな。――ちょっと笑ってみな」

副島は、頰を持ち上げ歯を見せるようにした。

「それじゃあ駄目だ。目が笑っていないから、無理して作った表情だと一発で分かる。患者にはけっして偽物の笑いを見せるべきじゃない」

頷《うなず》きながら副島は、腕を背中に回し、白衣の上から下着を摘《つま》み上げた。急に全身がじっとりと汗ばんできた。動悸は収まるどころか激しくなる一方だ。

「目の周りにある眼輪筋という筋肉は、意思の力で動かすことはできない。だから患者に笑顔を見せるには、楽しかった経験を思い出すなどして、本心から笑うしかない」

「分かりました」

「おれたちの仕事には演技力ってものが必要だ。こっちの態度一つで治療の効果はだいぶ違ってくるからな。丸めた小麦粉みたいな偽物の薬でも、堂々とした態度で渡せば本当に効くし、自信のなさそうな素振りで服用させたら効果はない。だろ?」

「ですね」

頭髪の生え際がやけにむず痒《がゆ》かった。滲《にじ》んだ脂汗のせいで、前髪が額に張り付いているのが分かる。見えない手で喉《のど》が締め付けられているかのように呼吸が苦しい。

副島は、手近にあったウェットティッシュのケースに手を伸ばした。

「それで、二番目のコツは何です？」

ティッシュを額に押し当てながら訊《たず》ねると、児玉は質問に答える代わりに、縫合実習シミュレーターに目を向けてきた。

「練習していたのか」

「はい」

内科が専門だといっても、今日のような外科医不在の夜間当直時には、怪我をした患者の傷を縫わなければならない場面にもよく出くわす。救急受付ありの医療施設に勤務している以上、縫合には熟練しておく必要があった。

「言っちゃ悪いが、下手だな」

「すみません」

先ほどまで練習していたのは、纏絡《てんらく》縫合という縫い方だった。たしかに縫い目がばらばらだ。

「貸してみろ」

結紮に手間取り、両端がだらしなく放り出されたままになっているナイロン糸。それを児玉は手早く人工皮膚から抜き取り、自ら持針器を手にした。

児玉の見事な針運びに息を呑《の》んだ。仕上がりを見たときには溜《た》め息が出た。糸が体表に出ていない。児玉がやってみせたのは、皮下組織に糸をかけていく埋没縫合だった。数種類ある縫合法の中でも特に難しいやり方だ。

十年前に内科に転向するまでは消化器外科を専門にしていたという児玉だから、針の扱いに熟練しているのは頷けるが、それにしても腕がまったく鈍っていないのは驚きだ。

「見事ですね」

「怨念《おんねん》のなせる業だよ」

「……怨念？　どういう意味です」

児玉は診察衣を脱ぐと、その下に着ていたワイシャツを捲ってみせた。ベルトにも手をかけズボンを少しずり下げる。五十三歳とは思えないほどよく引き締まった腹筋があらわになった。

彼の右下腹部には、虫垂炎の手術でできたと思われる縫合痕《こん》がケロイド状になって残っていた。

「触ってみな」

さすがに躊躇《ちゅうちょ》した。

「遠慮するなって。医者なんだろ。人の傷に触れてみるのも修業の一つじゃないのか」

「……では、失礼します」

傷痕《きずあと》をそっと指先で撫《な》でてみると、かなり凹凸があった。

「この縫い方を見てどう思う。呆《あき》れるだろう？　下手すぎて」

「失礼ですが、そのとおりですね」

忙しい医者に雑な処置をされ、ずいぶん悔しい目に遭った。だから、自分の患者には同じ思いをさせないよう、人一倍縫合の練習を積んだ——というわけか。その気持ちを「怨念」と表現したところに、児玉が医療の道にかける気魄《きはく》が垣間見えたような気がした。

児玉も自分の指で傷痕をなぞりながら言った。「これだよ。さっきの答えは」

「はい？」

「二番目のコツとは、この傷痕のことだ」

「……よく分かりませんが」

「さっきのうるさい患者にはな、この縫合痕を見せてやったんだ」

児玉はズボンの位置を整え、ベルトを締め直した。

「患者というものは、みんな不安なんだよ。だから、いい医者は、患者を診ながら、必ず何か一つ自分のことを話すものさ。例えば火傷《やけど》をした相手には、自分の火傷体験を教えてやる、とかな」

なるほど。腹痛に苦しんでいる患者には、自分もかつて同じ痛みに苛《さいな》まれたことを示してやればいいわけだ。

「人は心配なとき、その心配を一緒に味わってくれる人に好意を持つ。同じような不安を体験したという仲間意識は、患者にとても効く良薬なんだ。これは心得ておくといい」

3

院長室の壁に掲げられた大きな額縁には、【知者不言　言者不知】とあった。

知る者は言わず、言う者は知らず。たしか老子《ろうし》の言葉だ。物事を知り抜いている者は無闇に喋《しゃべ》ったりはしないが、よく知らぬ者はかえって軽々しく口に出すものだ——。

患者の病状を慌てて決め付けるな、とでもいった戒めのつもりだろうか。

「忙しいのに、呼び立てして悪かったね、副島くん」

あたふたとした様子で院長が入ってきたのを見て、副島は応接用のソファから腰を浮かせた。

院長の背後に児玉も続いていたのが意外だった。

察するところ、二人は、こちらを待たせたまま、いままで隣室で打ち合わせをしていたようだ。

背広姿の院長に対し、児玉は今日もグリーンの診察衣を纏《まと》っていた。彼が隣にやってくると、その診察衣に染み付いた消毒液の匂いがわずかに漂った。

「なんだ、手をつけていないのか。遠慮するな。食べなさい」

院長秘書を兼務している事務長に、この院長室に通されたときから、テーブルの上には幕の内弁当と、そしてモンキーバナナが一本だけ用意されていた。それらを院長は太い指でこちらに押してきた。

「では、いただきます」

もう午後三時を回っていた。遅い昼飯を前に、副島はとりあえず割り箸《ばし》を袋から出して二つに割った。

「きみはどこ大の出だったかな」

副島は関東にある私立大学の名前を口にした。

「ああ、そうだったね。あそこは教授のコネが強いから、首都圏の大病院へ行く学生が多いだろ。副島くんのように地方の小さな病院ばかりを渡り歩いているという例は、あまり聞いたことがない」

「昔から、へそ曲がりなところがありまして」

少し息苦しくなってきた。無理に笑ってみせてから、副島は弁当に手をつける行為にかこつけ、そっとネクタイをゆるめた。

「そんなことはない。副島くん、医師不足にあえぐ田舎にしてみれば、きみのような人材は本当に貴重だよ」

「ありがとうございます。――それで、ご用件は?」

「それなんだがね」院長はソファで足を組んだ。「今日の昼間――ついさっきのことだが、ある患者が、D大学病院からここへ転院してきたんだ。五十歳の女性だ。紹介状によると、進行の速い胃癌でね、もう打つ手がない、とのことらしい」

抗癌剤や放射線治療を行なったが、進行癌の勢いを止めるには至らず、病巣は遠隔転移し、ついに緩和ケアを受ける身となった――そう説明されると、弁当の中に入っていた鶏の唐揚げが大きな腫瘍《しゅよう》に見えて、元からあまりなかった食欲がさらに失《う》せた。

「彼女をだね、副島くん、きみに担当してもらいたいわけだ」

副島は箸を置いた。

「……ですが、わたしにできますかどうか」

終末期医療に取り組んだ経験がいままで一度もないことは、院長も知っていると思うのだが。

そもそも、この小さな病院には専用のホスピス病棟というものがないのだから、十分なケアなど元から期待できないだろう。

隣に座った児玉に視線を送り、彼が適任ではないかと無言で訴えてみる。

「副島くん、知っているはずだよ。社会的な観点から言えばだね、末期患者のケアを若い医師に経験させることも、病院という施設に課せられた大きな使命の一つなんだよ」

教科書に書かれた文章をそのまま読み上げるような口調で言ったあと、院長は、また幕の内弁当を指先で押してきた。

「それに、物怖《ものお》じしていたらきみ自身の進歩もないだろう」

——本当に、いいんですか。わたしで。

隣の先輩医師に、もう一度、今度は許可と同意を求める視線を送った。

児玉は、わずかに顎を引くことで応じる。その微妙な仕草と呼吸を合わせるように、院長がぐっと顔を寄せてきた。

「ただし、治療の様子は逐一、児玉くんに報告しなさい」

4

女は浅黒い肌をしていた。黒目がちの大きな目は、栗鼠《りす》や鹿といった森に棲《す》む動物を思わせた。もしかしたら水商売の経験でもあるのだろうか、耳にピアスの穴が開いているところが、五十という年齢とそぐわなかった。

名前は、杉野《すぎの》友葵子《ゆきこ》といった。

見舞い客は一人もいなかった。彼女には身寄りがないのだという。家族とは縁を切っているらしい。

「副島といいます。わたしが杉野さんの治療を担当させていただきます」

返事を待ったが、友葵子の口元に動く気配はなかった。

「杉野さんにはこれから、WHO方式の疼痛《とうつう》治療法を行なっていこうと考えています」

――WHO方式？　何ですか、それは。

普通に考えれば、そのような問いがあって然るべきだろうが、やはり友葵子は無言だった。それどころか、何が気に入らないのか、窓の方へ顔を向けてしまった。

――杉野さん、あなたの病気は胃癌であって、喉頭癌《こうとうがん》とは聞いていませんけれど。

そんな厭味の一つでも口にしてやろうかと思った。

内科医は体だけを診ているのではない。患者の表情や喋り方、声の調子といったものまでをも、病状を診断するうえでの材料にしているのだ。その意味で、友葵子は始末に困る相手といえそうだった。

「WHO方式とは、痛みが出たそのときに治療するのではなく、最初から痛みを感じないよう、あらかじめ時刻を決めて鎮痛薬を投与していくやり方です。痛みの強さによって、弱いものから強いものへと薬を段階的に選ぶようにしていきます」

簡単な説明書を、毛布の上にそっと置いてやった。だが友葵子は、それすらも手に取る素振りを見せなかった。

「第一段階では、弱い痛み用に、非ステロイド性消炎鎮痛薬を使います。具体的に言えば、アスピリン、ロキソニン、ボルタレンなどです。ただし――」

そこで思わせぶりに言葉を切ってやると、友葵子はようやくこちらに顔を戻した。

「ただし、最初に使う薬はこれです」

副島は白衣のポケットに手を入れた。そこから取り出したものは、先ほど院長室で出されたモンキーバナナだった。

「これを食べていただきます」

携帯用の小箱から消毒用エタノールを含んだ酒精綿《しゅせいめん》も取り出し、それと一緒に彼女にバナナを手渡した。

「皮を剝《む》くぐらいのことは、ご自分でできるでしょう」

辛抱強く待っていると、友葵子は枯れ枝のように細くなった指を酒精綿で拭《ふ》き、バナナの皮を剝き始めた。

「食べてください」

友葵子は剝いたバナナを真ん中から折り、その半分を口に入れた。

「駄目ですね」友葵子の口が動きを止めてから副島は言った。「なぜいまわたしが駄目と言ったのか、分かりますか」

やはり何の反応も見せない友葵子に、残る半分も口に入れるよう要求した。

「食べたくない」

初めて友葵子が口を開いた。錆《さ》びついた楽器を無理に弾いて出したような、嗄《しわが》れた声だった。

「どうしてですか。バナナは消化がいいんです。少々無理に食べたとしてもお腹を壊すことはありません。食べてエネルギーを補充してください。これは主治医としての命令です」

しばらく無言の対峙《たいじ》が続いた。

やりきれないな、と思い始めたとき、友葵子がもう半分を口に入れた。

なぜ駄目と言われたのか、彼女には分かっていたようだ。今度、友葵子はバナナを先ほどの倍ぐらいの時間をかけて食べた。

そう、問題にしていたのは彼女が咀嚼《そしやく》した回数だった。

最初の一片は、十回ほどしか嚙《か》まないうちに全部飲み込んでしまった。だが、それでは足りないのだ。

「杉野さんの場合は胃腸機能がだいぶ低下していますから、栄養を効率的に吸収するため、必ず、いまのようによく嚙んでください。それに、咀嚼の回数を多くすれば、癌に対して治療効果がありますから」

唾液《だえき》には、ペルオキシダーゼやカタラーゼといった酵素やビタミンCが含まれていて、これらは発癌物質の毒性を消す。特にやっかいなアフラトキシンでさえ、唾液によって毒性が十五分の一に弱まるという実験結果もある——そう説明してやってから付け加えた。

「最低三十回です。唾液の癌予防作用を十分に発揮させるには、一口でそれだけの回数を嚙むことが必要です」

もう終末期医療の段階に入ったとしても、治るための努力は続けてもらわなければならない。

5

その日は昼間、珍しく休憩時間を取ることができた。

椅子に浅く腰掛け一息ついたとき、デスクの隅に置きっ放しにしていた縫合実習シミュレーターが目に入った。

気が向いたので、埋没縫合に挑戦してみる。

長さ十センチほどの傷を縫うのに、十五分ほど要したが、満足のいく縫い方ができた。

「先生、上達しましたね」

看護師の一人が背後から覗《のぞ》いていたことに、声をかけられて初めて気づいた。

「これなら、そろそろ独身ともおさらばできますよ」

どういうことです？　そう質問しようとして口をつぐんだのは、なるほどと思ったからだ。患者は、誰でも傷痕が目立たないように治療してほしいと願っている。女性だったらなおさらだ。これぐらい上手に処置できたら好意の一つも持たれよう。

「児玉先生みたいにね」

看護師が付け足した言葉に、

「どういうことです？」

結局は、その質問を口にしていた。

看護師が言うには、児玉は外科医時代に、ある女性の盲腸を手術し、皮下埋没縫合できれいに処置してやったことがきっかけで交際するようになり、結婚に至った、ということだった。

児玉がかつて妻帯しており、いまから十年ほど前に、その相手と離婚していたことは聞いていたが、そんな馴《な》れ初めがあったとは初耳だった。

「ところで副島先生、事務長がお呼びですよ」

「それを早く言ってください」

サンダルを革靴に履き替え、スタッフルームから出た。

階段を駆け上がり、院長室の隣にある事務長室のドアをノックすると、すぐに「どうぞ」と返事があった。

室内に入った。この部屋にも額が掲げられ、そこには【一笑一若　一怒一老】と揮毫《きごう》されてある。

事務長はデスクの上にA5サイズの紙をいくつも並べていた。

「これを見てもらえますか」

不機嫌さを隠そうともしない声を出し、事務長はそれらの紙片を指差した。

『副島さんの言い方がキツくて傷つきました』

『副島という医者が患者用の休憩室で喫煙していた』

『前の人は注射が上手《うま》かったのに、担当が副島になってから痛くなった』

『副島さんの説明が不十分で毎日が不安』

『副島医師が処方した薬を飲んだら、体に発疹が出て熱が出ました』

事務長がデスクに広げていたのは、院内に設けた「ご意見箱」への投書だった。

「あなたに対して、ここ数日のうちに、ずいぶんと苦情が寄せられています。――ここに書かれていることは事実なんですか」

上目遣いで睨《にら》んできた事務長に、いいえと答えた。どれもまったく身に覚えのないことだ。

「ではどうしてこんなことを書かれるんですか」

それはこちらが訊きたい。

「とにかく、院長にはちゃんと報告しますから。覚悟はしていてくださいよ」

せっかく飾ってある文字を、ちゃんと読んだらどうですか。一怒一老、人は怒るたびに老けますよ。

まだ四十代だというのに、すでに頭頂部がきれいに禿《は》げ上がった事務長に向かって、よっぽどそう言ってやろうかと思ったが、実際に発したのは違う言葉だった。

「この投書をしばらく貸していただけませんか」

事務長はすでにコピーをとっていたらしい。Ａ４サイズの紙に二枚ずつ並べて複写したものを取り出すと、それを渡そうとしてきた。

「いいえ、この原本の方が要るんです」

事務長の許可を得るまえに、副島はデスク上の投書をかき集め、角をそろえて束ねた。

「勝手に破棄されても困りますよ」

刺された釘《くぎ》は背中で受けて、事務長室を出た。

疲れを感じていたので糖分が欲しかった。スタッフルームに戻る途中、患者用の休憩室に立ち寄り、自販機で缶コーヒーを買った。

休憩室の一角にはパソコンが三台ばかり設置されていて、インターネットを利用できるようになっている。そのうちの一台は、今日も一人の入院患者に占領されていた。蓬髪《ほうはつ》に丸眼鏡。漫画に登場する学者のような風貌《ふうぼう》をしているので、看護師たちのあいだで博士と綽名《あだな》されている中年の患者だった。

「なんでも、癌病棟に新しい患者が来たそうじゃないですか。女性だって聞いていますよ」

博士はクリック音を響かせながら甲高い声で話しかけてきた。

「綺麗《きれい》な人ですか」

「ご自分で確かめにいったらどうです」

外見に関して言えば、十人中七人ぐらいは友葵子を美人と評するのではないかと思う。愛想のいい人物かどうかという質問には、誰もがノーと答えるはずだが。

「その女性、名前は何ていうんです」

さあね、と、とぼけておいた。

博士の趣味は、入院患者の名前を検索エンジンに入力し、サーチボタンを押すことだ。そんな相手に、軽々しく情報を渡すわけにはいかない。当の患者を、とうてい好きになれそうにはなくても、だ。

6

病室に向かいながら、もう一度グラフに視線を落とした。

友葵子の心電図だった。

彼女が転院してきてから二週間が経っていた。当初よりも目に見えて心臓の働きが弱ってきている。今日から強心剤を処方したほうがいいかもしれない……。

病室に入ると、副島は彼女に、あらかじめ用意していた書類を一枚差し出した。

「……これは何？」

「治療同意書です」

「もう書いた」友葵子は毛布の上に書類を放り投げた。「この病院へ移ってきたときに」

「あれは第一段階の治療のためのものです。これから第二段階に進みますから、新たに書いていただく必要があります。当院の規則ですので」

友葵子はやせ細った腕で用紙を受け取った。

「どう書けばいいの」

「『副島医師の説明した治療法に同意いたします』と」

友葵子の字は予想外に達筆だった。筆を使い慣れている者の字だ。

「ありがとうございます」

副島は片手で同意書を受け取り、もう片方の手に持った薬のアンプルを友葵子の方へ差し出した。

「杉野さんの治療を、第二段階に進めようと思います。第二段階では、このオピオイドを使います。オピオイドというのは阿片《あへん》に似た物質です。阿片といっても驚く必要はありません。こっちは医療用に作られたもので、害はほとんどありませんから。——ところで杉野さん、これまで何か大きな手術を経験したことがありますか」

「……盲腸」

「ほかには」

「……ない。なんでそんなことを訊くの。問診票に書いてあるでしょ」

「念のためです。——それと、今日からニトロも服用していただきます。心臓の働きが少し心配ですので」

「……狭心症に使うニトロとさ」

「はい？」

「火薬の原料は、別のものなんだってね」

ふいに友葵子が口にした言葉に、ええ、と頷き、「門前の小僧、習わぬ経を読む」という言葉を連想した。これまで長く入院していた彼女は、自然と医療に詳しくなっているらしい。

7

夜、スタッフルームに児玉が一人でいるときを狙って、副島は、事務長から渡された投書の原本を彼の机に置いた。

顔を上げた児玉に、間髪容《い》れずに言った。「この話はご存じですよね」

「ああ、聞いている」

「では、これも見てください」

続いて児玉の前に出したのは、先日友葵子に書かせた「治療同意書」だった。

「『副島医師の説明した治療法に同意いたします』……。こんなものを書かせたのか。なぜだ」

児玉が訝《いぶか》ったとおり、本当は必要のない書類だった。

「杉野友葵子の筆跡を調べるためです」

「……つまり、これらの投書は杉野友葵子が書いた、と言いたいのか」

「そうです」

「どれも別人が書いた字に見えるが」

「たしかに書体は違います。でも字の癖はみな一緒です」

草書、行書、楷書《かいしょ》とわざとスタイルは違《たが》えてあるが、止め、はね、はらいといった線の末端部分を見れば、どの投書も同一人物の手によるものであることが分かる。止めるべき部分をはねていたり、はらう方向が普通とは逆だったり、といった特徴が全部一緒なのだ。

そう説明してやっても、児玉は表情を変えなかった。

「お願いです。担当医を代わっていただけませんか。こんなふうに患者から敵意を剝き出しにされたら、とても治療などできるはずがありません」

「駄目だな」

「じゃあ、これも見てください」

副島は次に、用意していた紙を児玉に見せた。その紙には、ウェブ上にあった新聞記事を三つばかり印字してあった。

【通帳詐欺容疑で女を逮捕　T署は、詐欺の疑いで×県×市×町、無職・杉野友葵子容疑者（四

○○）を逮捕した。逮捕容疑は、×町の金融機関で、他人に譲る目的で口座を開設し、通帳一通とキャッシュカード一枚を騙《だま》し取った疑い。口座は闇金融の返済用に使われていた】

【高級ミシン購入を装い詐欺、女を逮捕　K署は十五日までに、高級輸入ミシンの購入を知人に持ち掛け現金約八百万円を騙し取ったとして、詐欺容疑で×市×町、自称会社役員・杉野友葵子容疑者（四四）を逮捕した。調べによると、杉野容疑者は知人の女性に「スイス製の高級ミシンが格安で購入できる」などと持ち掛け、杉野容疑者名義の銀行口座に計八百万円を振り込ませ詐取した疑い】

【飲食店に言いがかり　詐欺の疑いで女を逮捕　S署は×市の飲食店で「入り口ドアで指を挟んだ」と嘘を言い、店の経営者から治療費として現金二万円を騙し取った疑いで、×市×町の無職、杉野友葵子容疑者（四八）を逮捕した。警察では、先月から連続して発生している同様の被害も杉野容疑者の犯行とみて、余罪を追及している】

「普通の人間じゃないと思って調べてみたら、案の定でした。詐欺犯――これが、あの患者の既往歴ですよ。怖い世の中になりましたね。パソコン一つで過去の悪行がたちどころにバレてしまうんですから」

「犯罪歴があったとしても、患者であることに変わりはないだろう。違うか？」

「患者は患者ですが、手に負えるものと負えないものがあります。わたしには無理です」

「おれもあの患者を診ることはできない」

「なぜですか」

児玉の口から返事はなかったが、

——理由はどうあれ、おまえが診るんだ。

彼が視線に込めた意思には、少しの揺るぎも見てとることができなかった。

8

その日は、午前十時過ぎに友葵子の病室へ向かった。彼女の様子は相変わらずだった。やはり挨拶《あいさつ》の一つもしてくる気配はない。

まずは手に持っていたクリアファイルを、ベッドサイドの木製キャビネットに置いた。ファイルの中には、友葵子の犯罪を報じた記事が入れてある。

もしまた彼女が診察に非協力的な態度を示すようなら、これを突きつけるつもりだった。そうしたうえで、「ご意見箱」への投書についても詰問してやる。謝罪をさせるところまで至らなくても、自白さえ引き出せれば、今後はこちらが優位に立てるはずだ。

そんなことを考えながら、首にかけていた聴診器のイヤーチップを耳に差し込み、友葵子と向き合った。

しばらく迷う素振りをみせてから、友葵子は手を動かし始めた。どういう心境の変化か、自分から患者衣の前を開け胸部を晒《さら》したのが意外で、下着の上からチェストピースを当てるのにやや手間取ってしまった。

「吸ってもらえますか……。吐いてください……」

一通り心肺の音を確認したあと、思いついて、聴診器を首から外し、彼女の手に持たせてやった。

耳に入れてみてください。そう目で伝える。

友葵子の動作は緩慢だった。痩《や》せた手がイヤーチップを自分の両耳に入れ終えるのを辛抱強く待ち、チェストピースを、もう一度彼女の胸に当ててやった。

「聞こえますか」

友葵子は頷いた。

「カリカリカリッ、と音がするでしょう」

「……ええ」

「肺の音です。息を吸って膨らむときに、こういう、お菓子を嚙んでいるみたいな音が出ます」

興味を持ったのか、友葵子は聞き入っている様子だ。

「医者が聴診器を背中に当てるときもありますが、あれだって肺の音を聞いてるんです、反対側から」

「そうなんですか」

言葉遣いにも変化を見せ、友葵子は瞬《まばた》きを繰り返した。もっと教えてほしい、と言っているようだ。

「もし音に異常があるときは、患者に何度か深呼吸をしてもらって、そのたびごとに聴診器の場所を移動させます。そうやって、どのあたりに疾患があるのかを探っていくわけです」

チェストピースの位置を少し左にずらすと、友葵子は目を見開いた。急に音が大きくなったので驚いたらしい。

「これが、あなたがまだ生きている証拠です」

「……お腹の音も聞けますか」

「もちろんです」

友葵子は下半身にかけていた毛布を自分で剝《は》いだ。体を九十度回転させて、ベッドの横に足を出す。

患者衣を捲り上げ、臍《へそ》のあたりに聴診器を当てた。彼女の腹部は、年齢と健康状態、そのいずれをも感じさせない、滑らかで艶《つや》のある肌をしていた。

そろそろ聴診器を返すように言うと、友葵子は軽く首を振って拒絶した。そして今度は、チェストピースを自分で持ち、それをこちらへ向けてきた。

「聞かせてください。先生の音も」

いったん躊躇したが、結局、ワイシャツの上からチェストピースを当てさせ、大きく息を吸い、吐いてやった。

「うるさいでしょう」

友葵子は小さくだが、頷いた。これで分かってもらえたかもしれない。医者だって患者の前では緊張するということを。

「わたしが」友葵子は聴診器を耳から外した。「どうしてこの癌を、手遅れになるまで放っておいたのか。そう訊きたいでしょうね」

「……教えてもらえますか」

「理由は簡単です。お金がなかったから」

「わたしも、同じ苦労をしていますよ。物心ついたときから医者に憧《あこが》れていましたが、家が貧しくて、思うにまかせませんでした」

診察を終えて病室を出た。

患者用の休憩室を通りかかると、隅のデスクで、今日も博士がマウスのクリック音を忙《せわ》しなく響かせていた。

「副島先生、ちょうどよかった」

博士が手招きをしてきた。

「この前来た患者、とんだタマみたいですね」

詐欺の前科をいくつか持つ友葵子には、まだ表沙汰《おもてざた》になっていない罪もあるようだったから、そのうち警察が来るのでは、と病院ではすでに噂になっていた。最初に言いふらしたのは、間違いなくいま目の前にいる蓬髪に丸眼鏡の男だろう。

「何が『ちょうどよかった』なんですか」

こっちは忙しいんですけどね、の意を示すため、壁の時計に目をやりながら訊いた。

「あれですよ、あれ」

博士は窓の外を指差した。そこは中庭だった。ベンチのそばに二人の男が立っていた。

「あれは地元署の刑事ですよ。入院患者の誰かが逃亡しないように張り込んでいるんじゃないんですか」

二人のうち一人は年配だった。頬がこけ、首のあたりも筋張っていて、遠目にはまるで軍鶏《しゃも》のように見えた。もう一人はだいぶ若そうだ。毬栗頭《いがぐり》で、左右よりも前後に分厚いオペラ歌手のような体つきをしている。

「だけど、税金の無駄遣いもいいところだ。逃げようがないんだから」博士は目を細め、顎をひと撫でした。「末期癌を患っているんじゃあ、三歩も走れないでしょう」

9

——おまえ、好きな女がいるのか。

児玉は、いきなりそんな質問をぶつけてきた。

「いませんけど」

答えながら、どうしても頬に熱を感じてしまう。

——何をしているんだ。早く見つけて、結婚しろ。そして子供を持て。

自分だって独身じゃありませんか。そう口ごたえしそうになり、慌てて言葉を飲み込んだ。

——人はな、自分に妻や子供ができて、初めて誰かの死ってものを理解できるもんなんだ……。

そう言われたところで目が覚めた。

瞬きを繰り返しながら、視界の端に薄い緑色が見えているような気がしていた。いましがた夢で見た児玉の診察衣の残像だろうか。

「副島先生っ。すみません、起きてくださいっ」

耳元で聞き覚えのある声がしている。看護師か。ただならぬ口調だ。彼女の手は、こちらの肩をしきりに揺り動かしている。

「副島先生、杉野さんの呼吸が弱ってきていますっ」

その言葉に仮眠ベッドから跳ね起きた。サンダルに足を突っ込む。友葵子の病室に走りながら、腕時計に目をやった。午後三時二十分。仮眠室に入ってから一時間も過ぎていた。

病室に駆け込んだ。

友葵子の顔は蒼白《そうはく》だった。息ができずに喘《あえ》いでいる。肺に水がたまったようだ。

「モルヒネを投与っ。呼吸量を抑えるんだっ。酸素の血中濃度を測って、早くっ。——それから」

「それから、何でしょうか」

「児玉さんを呼んで。すぐに」

児玉が来るまで五分ぐらいの時間があったと思う。

副島は友葵子の手を取った。もう一方の手で児玉の手を握ると、先輩医師は眉を顰《ひそ》めた。

「……どういうつもりだ」

「児玉さん、考えてみれば、おかしいと思いませんか」

「何が」

「ここは、職員わずか四十人弱の個人病院ですよ」

専用のホスピス病棟もないのだ。そんな場所へ、大学病院からわざわざ転院してくるのはなぜなのか。院長は、どうして友葵子を受け入れると決めたのか。

おかしい点はもう一つある。

友葵子は盲腸の手術を受けているはずだった。だが彼女の腹部には縫合痕がない。この矛盾に対する答えは一つだ。傷痕が残らない縫い方で処置された、ということだ……。

副島は、友葵子の手を児玉の手に握らせてやった。

「こうしてあげるべきです。かつての奥さんなんですから」

児玉はもう何も言わなかった。

死期を察した友葵子が転院を希望したのは、最期は元夫のいる病院で、と望んだからに違いない。彼女は児玉に自らを看取《みと》って欲しかった。それが、虚偽の投書をしてまでこちらを排除しようとした理由だ。

そんな友葵子の意に反し、児玉が担当医になることを拒んだのは、医療には私情が禁物だからか。普通、医者は身内を診察できないことになっている。

結婚後、友葵子が病的な詐欺の常習犯だと判明した。患者からの信用を第一とする医者として、犯罪者を妻にしておくことはできない。児玉は友葵子を離縁した。とはいえ、一度は配偶者という強い関係にあった相手なのだ、やはり身内のうちに入るといってもいいだろう。

何はともあれ、いまでは申し訳なくてならない。児玉の押しに抗し切れず、自分が治療を担当し続けたことが、だ。

「最期はおまえが持ってやれ」

児玉が友葵子の手を握るように求めてきた。その言葉に従ったとき、

「待って下さい。いまは駄目です」

突然、廊下の方から看護師の声がした。

ドアの窓ガラスから外を見やると、目に入ったのは軍鶏とオペラ歌手の二人だった。どうやら

刑事たちは、友葵子の病室へ入れてほしいと申し出てきたらしい。そんな彼らを、看護師が押しとどめているところだった。

「ここの患者さんは、いま大変なときなんです。どうか、このままそっとしてやってもらえませんか」

握っていた友葵子の手が、すっと熱を失ったように感じられた。同時に、血圧、脈搏《みゃくはく》、呼吸を示す装置にゼロの数字が並んだ。

不思議なことに友葵子の頬はわずかに緩んでいた。

やがて刑事たちが看護師を押しのけるようにして病室に入ってきた。二人は、ベッドに横たわる友葵子に一瞥《いちべつ》をくれたあと、こちらへ振り返った。

「副島さんですね」

軍鶏に似た方が言い、背広の内側から二つ折りの焦茶色をした手帳を取り出してみせた。公家《くげ》のような仰々しい苗字《みょうじ》の前に、警部補という階級名がついていた。分厚い体の若手も同じ動作で応じる。こちらはヒラの巡査だった。

「……そうですが」

警部補は手帳をしまったあと、今度は一枚の書類を取り出し、その上端を持って吊《つ》り下げるようにして示してきた。表題部には「逮捕状」とあるが、「捕」の字のほとんどを、彼の指が覆い隠してしまっている。

「署まで同行願います」

「杉野友葵子は……友葵子さんは、いまお亡くなりになりましたが」

笑ったのだろうか、警部補はごく短い鼻息を漏らし、緩く首を振った。

「よく見てくださいよ」

相手の指先が逮捕状の一点に置かれた。被疑者の氏名欄だ。

この警部補の筆跡だろうか、そこに書き込まれた「副島真治」の文字はバランスが悪く、お世辞にも達筆とは言えなかった。

10

一、留置担当官の指示を守り、秩序正しい生活をする事
二、留置人は常に身体を清潔にしておく事
三、体調を崩さないよう健康に留意する事
四、体調に異変がある場合は、すぐに留置担当官に申し出る事
五、留置人同士は、トラブルを起こさないよう、互いに節度を保つ事
六、その他苦情は、留置担当官に申し出る事

房内に掲示してある留置人留意事項を、いままで何度読んだろうか。もうほぼソラで言えると思う。よく考えれば、無茶なことを要求している。週に二度しか入浴の機会を与えないくせに、何が「常に身体を清潔にしておく事」だ。

担当官が鉄格子の向こう側に立った。

「七番、接見だ」

自分には二七という番号が与えられていた。最初の二は、この留置場が第二監房であることから来ているようだった。後の七が、呼ばれるときの番号だ。

担当官に促され、房から出た。

サンダルを履いたとたん、手錠をかけられ腰縄をつけられた。その縄を担当官の一人が背後で持ち、別のもう一人が前方を歩くかたちで、接見室まで連れて行かれる。

室内に入ると、アクリル板の向こう側に座っていたのは児玉だった。逮捕されて以来、彼に会うのはこれが初めてだ。

弁護士との接見ではないから、二人きりにはさせてもらえない。腰縄を持っていた留置担当官が、自分用の椅子を持ち込み、相変わらずここでも背後から睨みをきかせる。

「思ったより元気そうだな」

微笑んだ児玉に、黙って頭を下げた。

「いつか友葵子が、おまえにこう訊いただろう――『狭心症に使うニトログリセリンと、火薬の原料のニトロって別のものなんですよね』と」

「はい」

「あの質問は、見破る一つの方法なんだよ。相手が本物の医者か、そうでないかをね」

医師法違反、そして公文書偽造と詐欺の容疑――つまり「ニセ医者」として逮捕された自分は、二つのニトロがまさか同じものだとは思わなかった。

一方、医療に詳しくなっていた友葵子は、それを知っていたらしい。ならば、あの質問をした直後から、彼女は自分の担当医がニセ医者だと気づいていた、ということになる。

「では、警察に通報したのは、友葵子さんだったんですか」

「違う。おれだよ」

　すると、まず児玉が「副島はニセ医者だ」との情報を友葵子に吹き込んだ。そして友葵子は、その真偽を確かめるため、ニトロに関する質問をこちらにぶつけてよこした、という流れか。

「わたしが本物の医師ではないと、なぜ分かったんです？」

「おれと話をしている最中に、おまえが急に脂汗をかき始めることが何度かあった。おれには、それが不思議でならなかった」

　児玉は遠くを見るように、少し目を細くした。

「だが、最近になってやっと気づいたんだよ。そんなふうにおまえが動揺するのは、決まっておれがある言葉を口にしたときだとね」

　それ以上、児玉の説明を聞くまでもなかった。「偽物の笑い」や「偽物の薬」。児玉に限らず誰かの口から「ニセ」の一言が出るたびに味わった、あの喉元を締め付けられるような苦しさも、手が後ろに回ったいまでは、もはや懐かしい思い出に変わりつつある。

「いつか院長が出身大の話をしたときも、おまえは居心地が悪そうにしていたな」

　副島は目を伏せた。履歴書に書いた大学名はもちろん嘘だった。というより、大学に在籍した事実そのものがない。

「そこで、雇われた際におまえが提出した書類を詳しく調べてみたら、医師免許証が偽造されたものだと分かったわけだ。——悪く思うな。警察への告発はおまえのためにやったことだ」

「分かっています」

「罪を償ったら、またおれのところへ来るといい。前科があっても、おまえが優秀であることに変わりはない。何か仕事を紹介しよう」

「せっかくですが、もうお気遣いには及びません。自分で何とかします」

「そう言うな。おれにも罪滅ぼしをさせてくれ」

罪滅ぼし……？

「それはどういう意味ですか」

立ち会っていた留置係の警察官が咳払《せきばら》いをした。そろそろ接見は終わりだと言っている。

児玉は立ち上がり、名残惜しそうに椅子の位置を整えた。

「文字通りの意味だよ。おれはおまえを利用した。だから謝りたいのさ」

児玉が帰ったあと、こちらもすぐに接見室を出されたが、房に戻されはしなかった。今日はこれから検事による取り調べがある。

サンダル履きのまま車に乗せられ、地方検察庁へ連れて行かれた。

庁内には留置人専用の待合室があり、検事の準備が整うまで、そこに設置された木の長椅子でじっとしていなければならなかった。部屋は薄暗く、天井に裸電球が一個あるだけだった。

ややあって鉄格子の嵌《はま》ったドアが外から開けられた。

「七番、行くぞ」

二人の警察官に挟まれ、廊下を歩き、担当検事の部屋に連れて行かれた。

中に入ると、正面の机には、痩せた男が着いていた。隣の席では、検察事務官の女性がノートパソコンのキーボードを叩いている。

検事の対面に座らされた。留置担当官が手錠を外したあと、腰縄を椅子に縛りつける。それが済むのを待って、検事が口を開いた。

「きみは、なぜニセ医者なんかをやっていたんだ?」

悔しいことだが、いまの質問にはたまらず目を伏せてしまっていた。

「やっぱり金が目当てか? 医者ほど客単価の高い商売はないからね」

金……。たしかにそのとおりだ。

医者になりたいとの思いは幼いころから抱いていたが、経済的に恵まれず、医学部への進学はおろか、大学そのものへ入ることすらかなわなかったのだから。

「目を上げてくれないか。わたしの顔を見てほしい」

言われたとおりにした。夕暮れどきが近くなり、検事の背後にある空は人の肌に近い薄黄色に染まっている。

「医者は視診ということをするだろう。患者の外見だけから、どんな病気に罹《かか》っているかを探るというやつだ」検事は机に肘《ひじ》をつき、上半身を前に傾けてきた。「ここで一つ、それをわたしにやってみてくれないか」

いま着ているジャージを、脳内で白衣に変換してから、副島は検事の顔を見据えた。

「……もしかして、胃か十二指腸に潰瘍《かいよう》を患っていませんか」

まず肌に艶が乏しい。額の肉づきが薄く皺《しわ》ばかりが目立っているし、頬骨が出すぎている。検事という眼力を必要とする仕事をしているわりには、瞳《ひとみ》もやや濁り勝ちだ。

つまり、目立つ特徴はすべて「潰瘍面《づら》」の条件にぴたりと当てはまっている。

「当たりだ」検事は椅子の背凭れに体を戻し、やれやれというように首の後ろに手を当てた。「胃底部《いていぶ》の噴門《ふんもん》とかいう場所にできてしまったらしい。明日、内視鏡を飲まなきゃいけなくてね、いまから気が重い」

このやりとりも記録に残すのだろうか、事務官の女性は相変わらず休むことなくノートパソコンのキーを叩き続けている。

「ところで」検事は姿勢を戻した。「偽という漢字はどう書く？ 口で説明してくれないか」

「……人のため、です」

「その言葉どおり、きみはニセ者とはいえ、案外、名医だったんじゃないのか」

胃潰瘍を見抜いただけで名医というのは大袈裟《おおげさ》だ。どうしてわたしなんかが名医なんですか？

副島は相手の真意を目で問うた。

「いや、刑事たちに聞いたんだが、きみが担当していた患者の死に顔が穏やかだったそうだから」

検事の言うとおり、逝った友葵子の顔は思いのほか柔和だった。肉体的には病に屈したが、あの表情は、精神的には快方に向かっていたことを窺わせるものだった。

だが――。

おれではない。本当の名医は児玉の方だ。

おれがニセ医者であることを見抜いた児玉は、もちろんすぐに警察へ通報しようとしたはずだ。ところが同じタイミングで、友葵子が転院してくるという不測の事態が起きた。そこで告発をいったん中止し、おれに彼女の担当をさせることにした。友葵子の身体を治すことはもうできない が、心は少しでも救ってやることができる——そう考えて。

医者と患者、どちらも詐欺犯。不安を抱えた犯罪者同士だ。この仲間意識は良薬になる。

そんな決断をした児玉は、別れた後もずっと友葵子を……。

副島は窓の外へ目をやった。

雲の翳《かげ》りもなく遠くまで続く肌色の空は、縫合痕がきれいに消えた滑らかな皮膚を連想させた。

涙の成分比

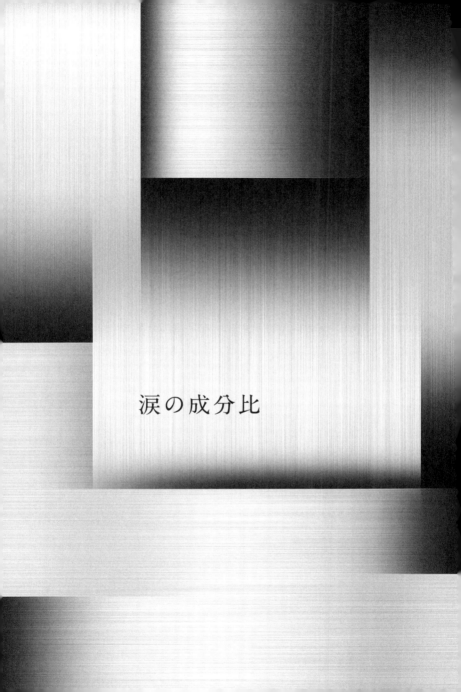

1

大学の体育館を出たときには、もう夜の七時を回っていた。

姉との待ち合わせ場所は、この近所にあるコンビニだ。

そこまで歩く途中、自販機の前で足を止めた。肩にかけていたスポーツバッグから財布を取り出す。

硬貨を摘《つま》み上げようとして、二度ばかりやり損ねた。

百二十回のスパイク練習。バレーボールをコートに連続して叩《たた》きつけてきたばかりの指先はまだ痺《しび》れていて、通常の感覚を取り戻せていない。

缶入りのスポーツドリンクを買ったつもりだが、なぜか出てきたのはコーラだった。間違えて補充されたものらしい。

新たに硬貨を投入し、別のスポーツドリンクを選んでみた。すると今度出てきたのは缶コーヒーだった。

コーラにしてもコーヒーにしても、監督から飲むなと命じられているし、元から好きではない。どちらも値段は百三十円だった。合計で二百六十円を損したことになる。

わたしは、手に持った二本のドリンクにじっと視線を落としたまま、しばらくの間、自販機の前に立ち尽くしていた。

一分ほどそうしていたが、怒りはまったく湧いてこなかった。

このところ、見るもの聞くものすべてが、なぜかよそよそしく感じられてならない。自分がやっていることなのに、まるで他人の行為を眺めているような錯覚をしてしまう。実際に体験しているのではなく、映画かスライドショーを見ているようだった。

冷えたドリンクの缶を手に持ったまま、再び歩き始めた。

五分ほどで待ち合わせの場所に着いた。多佳子《たかこ》はもう来ていた。ラウムの運転席に座り、コンビニの窓からもれる明かりを頼りに分厚い本を開いている。

わたしに気づくと彼女は本を閉じたので、表紙がちらりと見えた。タイトルには『これ一冊でわかる』とあった。そのあとにも文字がごちゃごちゃと続いていたが、読めたのはそこまでだった。

約束した待ち合わせ時間より、十分ばかり遅れていた。運転席のサイドウインドウを下ろした多佳子に「待った?」と訊《たず》ねようとしたが、口を開いたのは彼女の方が先だった。

「いま来たばっかりだよ」

「そう」わたしは姉に缶を二本とも差し出した。「飲む?」

「ありがと」

姉は受け取った缶をダッシュボードのカップホルダーに差し込みながら、

「彩《あや》ちゃんも一本どう?」

わたしは手を振った。「コーラもコーヒーも嫌いなの、知ってるでしょ」

「じゃあ、なんで買ったの」

「それしかなかったから。ホットじゃないのはね」

手の平のアイシング。缶ドリンクの用途を、多佳子は素早く理解したらしい。もうそれ以上の質問を重ねはしなかった。代わりに、乗ったら？　というように助手席の方へ目配せをしてくる。

わたしは助手席ではなく運転席のドアを開けた。「詰めて」

「練習で疲れているでしょう。わたしが運転していくよ」

「いいから詰めて」

「……分かった」

多佳子は小さい尻を持ち上げ、シフトレバーを跨《また》ぐようにして助手席へと移った。このとき彼女が手にしている本の表紙がはっきりと見えたため、『これ一冊でわかる』に続く文字が『臨床外科の理論と実際』だと知れた。

運転席のシートクッションには、多佳子のぬくもりがほとんど残っていなかった。姉は皮膚の表面温度が低い。熱を作り出す筋肉が少ないせいだ。

百五十センチ、四十五キロ。わたしより身長は三十センチ低く、体重は二十五キロ少ない。これだけ体格が違って、進んだ道も異なるが、紛れもなく同じ両親から生まれた実の姉妹だ。

「彩ちゃん、久しぶりだね」

多佳子が両手を広げて体を寄せてきた。わたしたちはいわゆる帰国子女だった。父親が商社に勤めている関係で、わたしが五歳からの十年間をカナダで育った。そのせいで、多佳子の場合は何かの拍子に、ハグやキスの習慣がいまだに顔を覗《のぞ》かせる。

コンビニ内の客から窓越しに見られても嫌だったので、

「ここ日本だって」

わたしは多佳子の体を両手で押しやって、エンジンのスタートボタンを押した。缶ドリンクによるアイシングの効果はとうに消え、その指には再び熱がぶり返していた。

気がつくと、多佳子はわたしに押しやられたままの姿勢をいまだに保っていた。助手席で上半身をこちらに捻《ひね》り、じっとわたしの顔に視線を当てている。

「何かついてる？」

多佳子は膝《ひざ》の上に置いていたポーチからハンカチを取り出した。

「それ、わたしにくれるの」

「じゃなくて」

多佳子は指先で目から頬にかけての部分をなぞってみせた。

そのとき初めて、わたしは自分が涙を流しているのを知った。

不思議だった。まったく気づかないうちに、いつの間にか泣いていたのだ。

多佳子がハンカチでわたしの頬を拭《ふ》いてくれた。昔から、幾度となくこうしてもらった。わたしは小さいときからよく泣く子だった。

「自分で分からなかったの？　涙が出ているって」

頷《うなず》いた。

「いまはどんな気分かな。悲しい？」

「じゃあ、いま体験していることが、現実じゃないような気がすることはない？」

「……あるよ」

「もしかしてそれは、実際に体験しているんじゃなくて、スライドショーや映像を見ているような感じかな？　自分の行動なのに、まるで他人がやっていることを眺めているような。違う？」

姉が口にした内容は、さっきわたしが自販機の前で思ったのとほとんど同じだった。体格は違っても思考に使う言葉はこれほど似通っているのだから、血の繋《つな》がりとは不思議なものだ。

「違わない」

「精神医学の用語だけど『アレキシサイミア』っていう病気があるの。日本語では『失感情症』と呼ばれている。言葉のとおり、自分の感情が分からなくなっちゃう病気」

そういえば、前に練習中にも突然涙が出てきたことがあった。一か月ほど前のことだ。

――おれに怒られたのが悲しくて泣いているのなら、もうやる気がない証拠だ。いますぐ辞めちまえ。もし下手くそなてめえ自身に怒って泣いているのなら、闘志を失っていない証拠だ。続けさせてやる。

そんなふうに監督から言われて、初めて自分の頬が濡《ぬ》れていることに気づいたのだった。

「専門じゃないから詳しくないけれど、その病気に罹《かか》っている人は、自分でも気づかないうちに泣いていたりするものらしいよ。野心があって競争心が強い人。高い地位につきたいという意欲の強い努力家タイプの人。そんな人が、アレキシサイミアに罹りやすいって聞いたな。つまり彩ちゃんみたいな人がね」

「だから？」

「自分が嬉《うれ》しいのか楽しいのか分からないなんて、どう考えても不健康な状態だよ」

「だから何」

「彩ちゃん、練習を頑張りすぎているんじゃないかな。休部とかできないの」

「姉さんは、わたしに死ねって言ってるのかな」

「まさか」

「そう言っているのと同じだよ」

わたしからバレーボールを取ったら何も残らない。もう生ける屍《しかばね》だ。

「でも心の具合が心配」

わたしは手でTの字を作って、姉の言葉を止めた。

「疲れているのは姉さんの方でしょ」

多佳子に運転させたくなかったのは、彼女の顔色が良くなかったからだ。昔から病弱だった多佳子が、外科医という激務を選んだのがそもそもの間違いだ。多佳子の勤務する県立総合病院には急患が多く、ろくに眠れないという話も聞いていた。そのうち倒れるのではないかと本気で心配もしている。

「今日だって朝から寝ないで働いていたんじゃないの」

「違うよ。今日は講習会があったから、病院での仕事は休みだったもの。講習会っていうのは、救命救急のやつね。これをもらってきた」

多佳子はトートバッグの中からスプレー缶のようなものを取り出した。OXYGENと大きな文字で書いてある。携帯型の酸素ボンベらしい。

「いま飲み物をもらったから、これ、代わりにあげようか?」

その言葉を無視して、わたしはサイドブレーキを下げ、車を発進させた。

2

《およそ一キロ先、渋滞があります》

カーナビの音声がやけにうるさく感じられるのは、ずっと無言でハンドルを握り続けているからだ。わたしはもう三十分以上も口を閉じたままでいた。

多佳子も喋《しゃべ》らなかった。

このままいっそのこと終点まで黙りとおすか。だがナビの画面は、実家に帰り着くまでの距離を、あと二十五キロもあると告げている。

「姉さん」

「ん?」

「言葉を思い浮かべて」

「どんな」

「何でもいいよ。ただし片仮名二文字で。あと、できるだけ発音しやすい言葉にしてくれる?」

「じゃあ……ポン」

「どこから来たの、その言葉」

「打ち上げのイメージだよ。明日から二人ともしばらく休みで、こうして一緒に帰省できるんだから」

ビールやワインの栓を開ける音が頭に浮かんだ、ということらしい。

わたしは内心で小さく舌打ちをした。

めでたいことなど一つもない。「連休のときぐらい、そろって顔を見せたらどうだ」。家族の絆《きずな》とやらにこだわる父親から、口うるさく何度もそう言われていなかったら、大学に残って練習を続けていたところだ。

「他には」

「ポンじゃ駄目なの?」

「駄目。間抜けくさいもの。もっとシャープな感じの言葉にして」

前方にいる車のテールランプが近づいてきたため、わたしはブレーキペダルに足を載せた。

デジタルで表示される速度計の数字が、八十台から三十台へと一気に落ち込む。

「二文字じゃなくて、二・五文字でもいいかな」

「っていうと?」

「タック」

それは姉の愛称だった。カナダに住んでいたころ、タカコという発音ができない現地の友人たちはみんな、姉をそう呼んでいた。

「それこそ却下」

「どうしてよ」

「姉さんみたいな運動音痴の名前を借りたら、ゲンが悪くてしょうがないでしょ。せっかく全日本のメンバーに選ばれたのに、そんなネームにしたらすぐ脱落しちゃうよ」

バレーボールの選手には、本名とは別にコートネームというものがある。緊迫した試合中でも誰を指しているか分かるように、できるだけ短い名前をつけるわけだ。

これまで自分のコートネームは、わたしの本名──彩夏《あやか》の一文字をとって「ナツ」だったが、先日の試合で「マツ」と呼ばれている別のメンバーと混同される事態が起きた。そこで変更するように監督から指示されたところだった。

「じゃあ、家に着くまでに考えておくね。──ところで、これ一つどう？」

助手席から多佳子が差し出してよこしたのは、紙に包まれた菓子のようなものだった。包装紙には「黒飴《くろあめ》」と書いてある。

「砂糖を食べるとね、脳内でエンドルフィンが分泌されるの。気持ちをリラックスさせる働きをするホルモンだよ」

多佳子からそう説明されて初めて、自分の指が先ほどからハンドルを忙《せわ》しなく叩き続けていたことに気づいた。

ゴールデンウィークが始まったばかりだから、ある程度の渋滞は覚悟していたが、予想以上に進まない。

ダッシュボードの時計を見やると、時刻は午後九時をすでに過ぎていた。

今晩の全国ニュースでは、全日本チームが先日行なった合宿の様子が紹介される。インタビューに答える自分の姿も放映されるはずだ。それを家族全員で観ようという話になっていた。

スポーツコーナーが始まるのは午後十時からだ。その時刻までには帰り着きたいが、この渋滞では無理かもしれない。

黒飴を口に放り込んでも、そう簡単に苛々《いらいら》は収まらなかった。

「焦らなくても間に合うよ」

カーナビに目を近づけながら多佳子がそう口にした。

「どうして断言できるの？　分からないでしょう。こんなにノロノロしてるんだから」

いま速度計の表示は、時速二十七キロとなっている。

「大丈夫だって。この先はもう登り坂はないし、急カーブも少ないから」

その道路に慣れていない運転者が、坂道での速度低下に気づかないことと、きついカーブでついブレーキを踏んでしまうこと。多佳子によれば、この二点が渋滞の主な原因なのだという。

だが、わたしは姉の言葉を無視し、荒っぽい手つきで左にウィンカーを出した。

いつもより一つ手前のインターチェンジから高速道路を降りる。

ここからは古いトンネルが続く旧道を走らなければならない。道は狭いし路面も傷んでいて、できれば通りたくない場所だ。しかし、じれったい思いでハンドルを叩き続けるよりはましだろう。アクセルを踏み込める分、ストレスからは解放される。

「こっちのルートだと残り三十二キロだから」

多佳子はカーナビの表示で距離を確かめたあと、

「四十キロをキープすれば、四十八分で着くね」

瞬時に計算してみせた。

「ちょっと、急にどうしたの。彩ちゃんに言わせると、わたしは『運動音痴』のはずなんですけど」

「バレーボール」

「何を」

「姉さんもやってみる気ない？」

「じゃあ、考えてみようかな。――って、ふざけないで。わたしにスポーツなんか無理に決まってるでしょ」

「あれは謝る。リベロっていうポジションだったら、背が低くてもできるよ」

わたしは薄く笑った。もちろん冗談だったが、幾分かは本気で言ったことだった。どんな状況でも冷静に頭を働かせられる――それが一流のスポーツ選手に求められる大きな条件だ。多佳子なら、この点をクリアしている。

やがてフロントガラスの向こう側が、ナトリウム灯の光でオレンジ一色に染まった。車がトンネルに入ったのだ。

わたしはアクセルをさらに踏み込んだ。

早く通り抜けてしまいたい。いくらか閉所恐怖症の気があるわたしにとって、二キロもある片側一車線の狭い隧道《ずいどう》など、長くいたい場所ではない。

そのとき、どこかで異音がしたように感じた。メキッという重いものに罅《ひび》が入ったかのような音だった。

「いま妙な音がしたよね」

多佳子は頷いたが、彼女もその音がどこで鳴ったものなのか分からない様子だ。

前方へ顔を戻したとき、目にしたものが信じられなかった。五十メートルほど向こうで、天井のコンクリートパネルの中央部分がV字形に垂れ下がっている。

あのパネルに亀裂が入った音だ——たったいま耳にした異音の正体だけははっきりとした。だが、自分がどう行動したらいいのか、まるで分からなかった。

天井が崩落しかけているのだ。そう頭では理解できたが、体はすぐに動かなかった。ブレーキを踏めばいいのか、反対にアクセルを踏んで走り抜けてしまえばいいのか。

迷っているうちに、突然目の前が暗くなった。

3

しばらく失神していたようだ。

気がつくと、黴《かび》のような臭いに包まれていた。どこかで何かが燃えているらしく、かなり焦げくさくもある。煙が薄く周囲に立ち込めているのも感じられた。

真っ暗で何も見えない。身動きも取れなかった。

息苦しさをこらえながら、動かせる範囲で指先を使い、周囲の様子を探ってみた。結果、ダッシュボードとヘッドレストの間にできた小さな空間で身を縮めているらしいことが分かった。

どうやら自分はいま瓦礫《がれき》の下敷きになっているようだった。正確に言えば、コンクリートの塊に押し潰《つぶ》された車のルーフ部、それがわたしの体を上から押さえつけているのだ。

足はダッシュボード部分の下敷きになっていた。右の方だ。あまりに強く圧迫されているせいで、感覚がまるでない。

……姉は。多佳子はどうなったのだろうか。

車のルーフ部はこちらの鼻先に触れている。わたしの頭部は、そこまでぴったり圧迫されていた。首を動かせるだけのスペースはほとんどなかったが、無理をして横に捻ってみる。埃《ほこり》と煙を通して、ぼんやりとナトリウム灯の光が目に入った。その視界がやけにぼやけているため、また自分が泣いてしまっているのに気づくことができた。

焦げくささが急速に強まっていた。立て続けに咳《せ》き込んだ。再び頭が朦朧《もうろう》としてくる。

「彩ちゃん」

すぐ傍らで多佳子の呼ぶ声がした。潰れたのは運転席側だけで、助手席の方は無事のようだった。姉の声は震えこそしていたが、負傷しているといったふうではなかった。

返事をすると、わたしが圧死していなかったことに安心してだろう、多佳子は神様に対して感謝の言葉を囁《ささや》いた。

「後続車も潰されて、エンジンから火が出ているの」

焦げくさい臭いの原因を、姉はそう説明してくれた。

「応援を呼ばないと消せそうにない。送風機も落ちたみたいで、空気がぜんぜん循環していないし」

このままなら、間もなく一酸化炭素中毒で死ぬ、ということだ。

「トンネル内だと携帯電話が繋がらないから、出口まで行って助けを呼んでくるね。だから、ちょっとだけ待っていて」

早口で言いながら、多佳子はトートバッグを開け、携帯型の酸素ボンベを取り出した。

「これをしていれば大丈夫だから」

「待って」

わたしは声を絞り出し、いま自分が姉に一番してほしいことは何かを伝えた。

多佳子の瞳《ひとみ》が泳いだ。そうして躊躇《ちゅうちょ》する素振りを見せたあと、多佳子は顔を寄せてきて、涙で濡れているに違いないわたしの頬にキスをした。

顔を離すと、姉は首を横に振った。

そうして、あなたの願いは聞き入れられない、との意思表示をしたあとは、彼女の動きに一切の迷いはなかった。わたしの口元に酸素ボンベのマスク部を押し当て、さらにボンベ本体の位置がずれないようトートバッグを使って固定したあと、気体を送り出すスイッチを押すまで、ものの数秒もかからなかった。

4

昼食を終えて間もなく、眠ってしまっていた。

目が覚めたのは、痛みを覚えたせいだった。

五日前のトンネル事故の際、ダッシュボードに挟まれた右足だ。幼児の指で皮膚をつねられたぐらいの軽い痛みが甲の部分にある。

寝汗をかいていた。下着を交換したいと思ったが、もう替えがない。

枕元にある林檎《りんご》が目に入った。バレー部のメンバーたちが見舞いとして持ってきたものだった。食べようとして、果物ナイフもないことに気づいた。皮ごと齧《かじ》る気までは起きず、結局、盛《も》り籠《かご》に戻してから、病室内にある内線電話の受話器を取り上げた。

《外科病棟です》

見習い中の看護師だろうか、応答したのは若い女の舌足らずな声だった。

「医師の皆川《みながわ》多佳子に繋いでほしいんですが。わたしは妹です」

《お待ちください》

本当に待たされた。新米とはいえ医者であることに変わりはない。やはり暇ではないようだ。

《どうしたの、彩ちゃん》

「忙しいところ悪いんだけど、こっちに来てもらえるかな」

《分かった。ちょっと時間がかかると思うけ——》

最後まで聞かずに受話器を置いた。

左足一本でベッドから立ち上がり、荷物の中からＤＶＤのディスクを取り出した。

床頭台に設置されたプレイヤーにディスクをセットすると、テレビの画面には「全日本大学バレーボール選手権大会」の文字が躍った。去年の冬に行なわれた試合だ。

テレビのボリュームを上げる。この病室は個室だから誰にも遠慮は要らない。

ベッドに腹這《はらば》いになり、見始める。

病室のドアがノックされたのは、画面の中で自分のスパイクが決まったときだった。

入ってきた多佳子は、首に聴診器をかけ、小脇にはクリップボードを抱えていた。そんな小道具こそ揃ってはいるが、白衣が似合っていないから、あまり医者らしさが感じられない。いや、そんなことより気になるのは、彼女の顔がかなりやつれて見えることだった。ここでの激務は、元々病弱な体にとって、やはり相当な負担になっているらしい。

「だいぶ疲れているみたいだね」

「大丈夫だよ。ところで、どんな用」

「家からとってきてほしいものが幾つかあるんだけど。お願いできる?」

「いいよ」多佳子はクリップボードに挟んでいた紙を裏返し、メモを取る準備をした。「言って」

「助かるな。入院先が肉親の勧める病院っていうのは、本当にラッキー」わたしは腹這いの姿勢をやめ、ベッドに上半身を起こした。「あのね、まずこれが欲しいの」

――し、た、ぎ。

声は出さず、唇の動きだけでその三文字を表現した。

「分かった? いまわたしが何て言ったか」

「……下着、でしょ」

「正解。じゃあ次ね」

もう一度、いまと同じ要領で、三文字の言葉を表現してやった。

「ナイフ?」

「そう。果物用のね。それからこれも」

石鹸《せっけん》。手拭《てぬぐ》い。その二つも口の形だけで伝えたところ、多佳子は間違わずに読み取ってくれた。

「今日いますぐには持って来られないけど、許してね」

「いいよ、明日で。でも、さすが姉さん。冴《さ》えてるよ。下着、ナイフ、石鹸、手拭い。全部すぐに分かってくれたもんね」

「別に難しくなかったよ」

「あと、もう一つお願いがあるの。そこで見ていてくれる？」

「何を」

「わたしのプレーを」

わたしは腰から下にかけていた毛布を剝《は》ぎ、床に立った。右足の痛みは踝《くるぶし》からふくらはぎ、そして膝にまで広がっていた。

テレビ画面上の動きに合わせて動き始めた。

試合の中盤。スコアは八対八で拮抗《きっこう》していた。この場面はよく覚えている。ここで決めたスパイクの感触は最高だった。

セッターがオープントスを上げるのを確認したあと、わたしは画面から目を離し、頭上にイメージした架空のボールを見据えながらジャンプした。

踏み切ると同時に、大きく上半身を反らせ、腰にねじりを加える。バックスイングは右肘《ひじ》を曲げたまま行なった。弓を引く動作に似た「ボウ・アンド・アロウ」と呼ばれるスパイクフォームだ。

病室内であることを考慮し、それほど高く飛び上がったつもりはなかったが、右手をスイングさせると指先が天井のボードを軽く擦《こす》った。

いい振りだった。勘は鈍っていない。空中で姿勢を崩すこともなかった。

まず左足から着地する。

次いで右足——。

その瞬間、視界にあるものがすべて傾いた。ベッドの足元にあるフレームに摑《つか》まったが、結局、冷たい床に尻餅《しりもち》をついていた。

右足に目をやった。そこには何もなかった。膝上から切断されて、丸くなった断面に包帯がまかれてあるだけだった。

そのくせ、踝もふくらはぎも膝も、まだ痛い。「幻肢痛」というものの話は聞いていた。だが、これほど強く脳内の痛覚を刺激してくるものだとは想像もしていなかった。

「笑ったら、姉さん」

右大腿《だいたい》部の先、何もない空間に、わたしはハアッと息を吹きかけてみせた。

「こうするとね、温かいんだよ。知ってた？　面白いでしょう」

わたしは顔の筋肉に笑えと命じた。たぶん、意図したとおりの顔になったと思う。

「ねえ、教えてもらえる？　どうしてトンネルでわたしを助けたの」

——死なせて。

多佳子が酸素ボンベを準備する前、わたしはそうはっきり言ったはずなのに。もし言葉が明瞭《めいりょう》に出ていなかったとしても、姉にはこちらの意図が分かったはずだ。だって、たったいま唇の形だけで、「し」も「な」も「せ」も「て」も分かったじゃないの。

「だからさあ、教えてもらえないかな。どうして助けてくれたの」

多佳子が何も答えないので、わたしは、あはは、と笑い声を上げてみせた。

「実は僻《ひが》んでたりしてね。妹は全日本のメンバーに選ばれて脚光を浴びるスポーツウーマン。対して姉である自分は一介の平凡な新米医師にすぎない。だから姉は妹が羨《うらや》ましくてならなかった、なんて話はない？　だから、チャンスがあれば、わたしを惨めな生活に突き落としてやりたいと思っていた。——ねえ、そんなことを言ったら意地悪すぎるかな」

わたしは床頭台に積み上げてある何冊かの週刊誌をぱらぱらと捲《めく》ってみせた。どの雑誌にも例のトンネル天井の崩落事故と、そして「妹の命を救った姉の冷静な判断」を讃《たた》える記事が載っている。

「おめでとうっ。念願かなってスターになった姉を、妹としてたいへん誇らしく思います」

多佳子に拍手を送ると、またわたしは泣いていた。

「そういえば姉さんは、わたしが嘘泣きをすると簡単に見破ったよね」

カナダにいたころは、欠伸《あくび》をしたり目が痒《かゆ》かったりして涙が出たとき、姉の前で泣いたふりをしてふざけることがよくあった。そんなわたしを多佳子は抱きしめ、頬にキスをしたあと、コツンと拳骨《げんこつ》で叩くふりをしてきたものだ。

わたしは自分の頬を指差した。

「いまでもそれができる？　この涙はどう。よかったら教えて。嘘か本当か」

「……ごめんね。彩ちゃん」

近づいて来ようとする多佳子を、わたしは手で追い払った。

「いいのいいの。自分で起き上がれるから放っておいて。それより、もう行ったら？　忙しいんでしょ」

わたしは空になったＤＶＤのケースを手にし、多佳子に向かって投げつけた。ケースは彼女が持ったクリップボードに当たって床に落ちた。

それを合図にしたかのように、多佳子の膝からすっと力が抜けたのが分かった。わたしが駆け寄る間もなく、姉の体は床に頽《くずお》れていた。

5

「幻肢痛は、まだありますか」

訓練指導員の問い掛けにわたしは頷いた。

「それはよかった。幻肢を感じない人の場合、義足がうまく使えないことが多いんですよ。つまり、付けた義足が幻想によって自分の足になったような感じがしないと駄目なんですよね」

〝ないはずの痛み〟はずっとある。特に、低気圧のせいで悪天候になった夜など眠れないほどだ。

あの事故から一か月が経っていた。いまでは県立総合病院を退院し、自宅から通いながら、リハビリ生活を送っているところだった。

「義足を装着して歩いているときは、たいてい痛みはなくなりますから、安心してください」

指導員はケースからパイロンと呼ばれる仮義足を取り出した。

機能訓練だけの役割を担う道具だから、見た目など考慮されていない。早い話、可動部が付いた金属棒だ。見る人によっては、なんとも無残な代物だと思うだろう。人間の足を模した装飾用の義足が出来上がるには時間を要する。それまで、とりあえず、この金属棒で歩行訓練をしなければならない。

「慣れてくると、本当の足のように思えてきますよ。義足が水たまりに入れば、足が濡れた気がしますし、痒みを覚えたり、くすぐったかったり、といった感じも生まれてくるはずです」

リハビリのために病院を訪れたのは、これが三回目だった。いま指導員が口にした一連の説明は、前回にも前々回にも聞いていた。

そしてわたしは、前回や前々回と同じ返事をした。

「まだその気になれません」

こちらの反応を指導員は予想していたようだ。まったく表情を変えることなく、そうですかとだけ答え、持参したバッグを手元に引き寄せる。

「では、今日も装着はやめにしておきましょう」

彼はバッグのファスナーを開けた。そこから取り出してこっちへ差し出してきたものは、高さが十センチぐらいの小さな箱だった。

「何ですか、これ」

「開けてみてください」

出てきたものは洋酒の小瓶だった。ミニチュアボトルというのだろうか、二百ミリリットルだけだが、本物のウィスキーが入っているようだ。

「お酒はお好きですか」

「飲んだことがありません」

アルコールの類《たぐい》は監督にもコーチにも一切禁止されていた。

「でも、どんな味なのか興味はあります」

すでにバレー部には退部届を出してある。スポーツ推薦で入学した身だ、大学にいる理由もなくなったため、ついでに退学届も置いてきた。飲んでいいのは水と緑茶とアルカリイオン水だけ。そんな制限ともおさらばだ。

「いや、飲まないでください。酔っ払ったら傷が痛みますよ。それに、歩行訓練に差し支えますから」

「じゃあ、これ、どうすればいいんですか」

「部屋の飾りにでもしてください。ただしキャップを開けたままにして」

指導員の意図が分からなかった。

「ウィスキーの香りは脳を活性化させるんです。物事に対してやる気が出ます」

「分かりました。ありがとうございます」

「お礼は、あなたのお姉さんに言ってください。多佳子先生が倒れる前、わたしは先生から頼まれていたんです。もし妹がリハビリに意欲を見せなかったらこうしてみてください、とね」

「……そうでしたか」

「では、明々後日《しあさって》にまた来院してもらえますか。義足を付ける気が起きなくても、来るだけは来てくださいね」

はい、と返事をした。自宅から病院までのタクシー代は、トンネルを管理していた会社の負担だから、領収書さえあれば無償になる。

時間？　そんなものはもう惜しくない。

指導員が部屋から出て行くと、入れ替わるようにして、今度は背の高い看護師がリハビリ室に入ってきた。

「お姉さんの病室が変わったのを聞きましたか」

「いいえ」

クモ膜下出血を起こして倒れた多佳子は、そのまま自分が勤務するこの県立総合病院に入院していた。倒れて以来、他人とのコミュニケーションが一切できなくなっている。目を開けていて、周囲の状況をある程度は把握できているらしいが、言葉を話すことも、字を書くこともできない状態だった。

それまで多佳子は脳神経外科病棟の三〇三号室に入っていたが、今朝から三一六号室に移動したという。三一六号室は中庭に面した日当たりの悪い部屋だ。回復の見込みなし。そう病院側が判断したのかもしれない。

わたしは松葉杖《づえ》をついて立ち上がった。右足の欠損が目立たないように、ロングのスカートを穿《は》いてきていた。それに着替え、病院からタクシーに乗り、実家に戻った。

帰宅するとわたしは姉の部屋に入った。

多佳子が大学受験に使った参考書も、医学部での授業に使った教科書も、本棚にきちんと残っていた。

姉の椅子に座ってみる。わたしには低すぎたので、机を使うには、目一杯の位置まで高さを調節し直さなければならなかった。

先ほどもらったウィスキーの栓を開け、机の上に置いた。そして本棚から抜き取った本を開いてみた。

それから三日後、わたしは訓練指導員に「義足を付けます」と告げた。

装着法は想像していたものと違っていた。一つのパーツを付ければいいと簡単に考えていたが、実際のところそれは二つに分かれていた。切断された部位に、まず特殊なソケットをはめ込み、それに義足を装着する仕組みだった。

「切断面の骨を労《いたわ》ってください。そこに負担を集中させてしまうと、すぐに痛くて歩けなくなりますから、体重をうまく分散するようにするんです」

指導員はさらりと言うが、まず立つのがやっとだった。

一時間程度の歩行訓練をしただけで、足の断端が腫《は》れ上がった。傷口の血管が破れて内出血が起こったせいだ。こうして少しでも足の直径が膨らんでしまうと、次の日はもうソケットが装着できなくなってしまうのだった。

そんな苦労を重ねながら、わたしは少しずつ義足で歩けるようになっていった。

訓練開始から一週間も経つころには、リハビリ室を出て、内科病棟の階段を上り下りする練習に挑んでいた。

一階から七階まで全面がガラス張りになった日当たりのいい階段なので、エレベーターを使わずにここを利用する人は少なくなかった。こちらはパイロンを剝《む》き出しにしたままの姿だったが、そこは様々な重傷患者が行き交う病院内のこと、すれ違う人が多くても好奇の目で見られることはなかった。

「あまり無理をしないように」と指導員からは注意されていたが、わたしは一階から七階までの往復をしつこく繰り返した。

多佳子が危篤に陥り集中治療室へ運ばれた、との連絡を受けたのは、そんな折のことだった。

姉が三一六号室に残していった荷物がいくつかあったため、わたしが親族としてそれらを引き取りに行った。

室内に入ると、いつかの背の高い看護師がいた。

「最近、多佳子さんは顔を横にして、ずっと中庭の方を見ていましたよ。拳《こぶし》を握って。誰かを応援しているような、誰かに応援されているような、そんな感じでした。何を見ていたんでしょうかね」

荷物をまとめ終えたあと、わたしは姉が顔を向けていたという窓際に立った。

そこからは、中庭を挟んで建つ内科病棟がよく見えた。もちろんガラス張りになった例の階段も、だ。

6

数年後、わたしは多佳子が卒業した大学に入り、彼女と同じ医学部の学生になっていた。

松葉杖は一年以上握っていなかった。装飾用の義足はもうすっかり体の一部だ。

学部の厚生棟へ行くと、壁に歴代卒業生の集合写真が貼ってあった。医学部は学生数が少ないこともあり、多佳子の姿はすぐに見つけることができた。

姉の命が尽きたのは、集中治療室へ移った翌日のことだった。彼女の遺志を継いで医者の道を歩み始めはしたが、だからといって、多佳子に対するわだかまりが解消したと言えば嘘になる。いまでも失われた右足を意識するたび、あのとき酸素ボンベを押し当ててきた姉に、どうしてもわずかな恨みを覚えてしまうのだ。

写真を見ているうちに、いつの間にか涙を流していた。その涙は唇の端に触れ、口の中にまで入り込んできた。何の味もしなかった。

多佳子から失感情症ではないのかと言われたことを思い出す。だが厳しすぎたバレーボールの練習に別れを告げ、新しい道を見つけたいま、心の状態は落ち着いている。だからこの涙を生んだ感情が悲しみの類であることはよく分かった。

その日、授業に出たところ、クラス担任でもある准教授からサークルに参加してみてはどうかと勧められた。

「何のサークルですか」

「シッティングバレーボールだよ」

市立体育館で水曜日の夕方から練習会が開かれていて、誰でも自由に参加できるらしい。

シッティングバレーボールとは座った姿勢で行うバレーボールだ。脚に障害を持つ者でも楽しむことができるスポーツだった。夏季パラリンピックの競技種目にも採用されている。

わたしは担任の目の前で、手の平を広げてみせた。

「この指ですが、骨がちょっと歪《ゆが》んでいるのが分かりますか」

わたしの中指は軽く「く」の字を描いている。バレーボールぐらい突き指の多いスポーツはない。

「分かるよ」

「前はもっと曲がっていました。バレーを辞めて、やっとここまで治ったんです」

「……そうか。いや、きみがいつも浮かない表情をしているんでね、気晴らしにでもなればと思っただけなんだ」

准教授がすまなそうな顔をしたので、慌てて付け加えた。

「でも興味はあります。今度、行ってみます」

そうした経緯があって、次の水曜日に市立体育館に足を向けた。いつでも参加できるように、一応スポーツ用のウェアを着用していったが、これは担任の面子《メンツ》を潰さないよう配慮しただけのことで、やはり気は進まなかった。

シッティングバレーボール。そんなスポーツをやろうとしたら、きっと立てない自分がますます惨めになり、悔し涙が出てしかたがないだろうことは目に見えていた。

加えて、わたしは生理学の試験を数日後に控えていた。体育館の観客席に座りはしたが、コートで練習試合に臨んでいる人たちの方にはほとんど目を向けず、膝の上に広げた教科書の内容を頭に入れようとやっきになっていた。

しばらくして、わたしは観客席を立った。

サークルの責任者らしい人のところまで行き、交ぜてくれないかと頼んだ。

たまたま教科書から顔を上げたとき、誰かがいいプレーをしたのを見て、体の芯《しん》にむずむずとしたものを感じた。もはや燃え滓《かす》でしかなかったバレーボールへの思いに、再び小さな火がついてしまったらしい。

責任者がわたしの参加を快く了承してくれたので、わたしはその場で義足を外した。こうした光景を誰もが見慣れているらしく、物珍しそうな目を向けてきた人はいなかった。

予想通り、プレー開始直後から気持ちが苛立ち始めた。頭の中には、全日本のメンバーに選ばれたころの姿しかない。そのイメージと現実とのギャップが大きすぎた。

相手がどこを狙って打ってくるかが十分に予想できても、レシーブに最適の地点まで素早く移動できない。そこへ行くには手を床につき、体を持ち上げなければならないのだ。そうこうしているうちにボールが来てしまう。だからレシーブのときはどうしても体勢を崩すことになり、狙ったポイントにボールを返すことができない。

スパイクにしても同じだ。体に染み込んでいるイメージと勝手が違いすぎていて、ネットに引っ掛けたり空振りしたりばかりだった。

いま参加しているメンバーの中で、自分が一番下手であることは明らかだった。

またしても、決まったと思ったスパイクを空振りし、ボールを自分の頭に当ててしまった。どこかへ転がっていこうとするボールに向かって体を倒し、どうにか捕まえたとき、恥ずかしさと悔しさが相俟《あいま》って、予想したとおり涙が出てきた。

そっと舐《な》めてみる。

それがとても塩辛い味であることを確かめながら、わたしは、つい先ほどまで観客席で読んでいた生理学の教科書を思い出していた。とあるページの片隅に載っていたショートコラムと題された短い読みものの欄だ。そこには、こう書いてあった。

【涙の成分であるナトリウムやカリウムなどの塩類は、感情によって成分比が違ってくることが分かっている。人間が涙を流すのは、自律神経の働きによるが、この自律神経には、交感神経と副交感神経の二つがあり、どちらの神経が働くかによって、ナトリウムの割合が違ってくる。悲しみの涙は、量が多いのが特徴で、味は薄い。これが怒りの涙だと、水分が少ないかわりに濃い涙になり、非常に塩辛くなる】

死なせて欲しい。そんなわたしの懇願を、なぜあのとき多佳子は撥《は》ねつけたのか。いまこそ、姉の真意が分かったと思った。

トンネル事故の際、彼女はわたしの頬に唇をつけた。あれはキスではなかった。味を知ろうとしたのだ。わたしが流している涙の味を。

きっとその涙は塩辛かったに違いない。怒りの涙だ。だから判断できた。妹はまだ生きる闘志を失っていない、と。

チームのキャプテンが審判に向かって腕でT字のサインを作ってから、わたしの方へ振り返った。

「そう言えば新入りさん、まだ決めていませんでしたね」

「何をですか」

「あなたのコートネームです。いま決めちゃいませんか、二文字ぐらいで呼びやすい言葉を」

わたしは、ボールをサーバーの方へ転がしてやってから、訊《き》いてみた。

「二・五文字でもいいでしょうか」

小医は病を医し

1

「どうも寂しいな。何か手に持った方がいいんじゃないか」

わたしの言葉に、藤野《ふじの》は元から尖《とが》り気味の唇をさらに突き出した。

「何かって何です?」

「アクセントになるものだよ。タレントが写真に写るときは、たいてい小道具と一緒だろ。楽器とか、文庫本とか」

「古いですよ。そういうのって、一昔前のセンスだと思うんですけど」

「そんなことないだろう。とにかく、画面が寂しいんだよ」

「じゃあ、花でも飾ります?」

「きみが女性職員だったらな。——腕カバーでもしてみるか、いかにも役場の職員らしく」

冗談で言ったつもりだったが、藤野は自分の前腕部に視線を落として真剣な顔になった。

それでいきますか、などと返事をされる前に、わたしは彼の机に書類の束を置いた。

「これでいい」

自らビデオカメラのファインダーを覗《のぞ》き込む。新規採用職員の勧誘に使うプロモーションビデオだが、撮影を業者に発注できるほどの予算はない。

来月、人材採用サービス会社が合同就職説明会を開く。近頃では、このようなイベントに自治体も参加するものらしい。時流に乗り、我がT町役場も、五年ほど前から会場に説明ブースを構えるようになっていた。

「ほら、もっと笑って」

藤野に指示を出しながら、ペットボトルの茶を口にしたとき、軽い吐き気がこみ上げてくるのを感じた。

ピントを合わせるふりをしながら耐えているあいだに、嘔吐《おうと》感はどうにか収まってくれた。藤野は台詞《せりふ》の原稿を暗記するのに懸命で、こちらの異変に気づいていない。だからわたしも予定どおり仕事を進めることにした。

「用意っ……スタートっ」

「役場で仕事をしてみて、わたしが一番魅力的だと感じている点は、やはり地域の生活に密着しているところだと思います。窓口にいらっしゃる町民の方々と触れ合う中で、人間的に日々成長していく自分を感じています――」

プロモーションビデオは毎年制作しているが、歴代の出演者はいずれも管理職だった。藤野のような入庁二年目の若手を起用したのは、今年が初めてだった。

なぜ中堅やベテランを止めたのかといえば、若手職員に、「町役場はいいところ」と自分自身を説得させるためらしい。

そのように発案した職員課長によれば、人間は自分が説得する役になると、その意見をより強く信じるようになるそうだ。自分とは違う考えでも、第三者に説明しているうちに、次第にその考えに染まってしまう。それが心理学上の定説らしい。

学生らを勧誘するにあたっては、ここがいかに魅力的な職場かを力説しなければならない。本心では役場に不満があっても、長所ばかりを強調することになる。そうしているうち、やがて本当にいい職場だと思い込むようになっていく、という寸法だ。

さらに言えば、ビデオの制作を、これも若手の部類に入る入庁六年目、三十二歳のわたしにやらせているのも、同じ理由からに違いない。もっとも、わたしの場合は役場の仕事が気に入っているから、自分で自分をどうこう説得する必要など最初からありはしないのだが。

「いまの台詞は少し変えた方がいいな」

「どうしてですか。このままでいいと思いますけど」

「気づかないのか。短い文章の中に『感じ』という言葉が二つも入っているだろ」

「そんなの、誰も気にしませんよ」

わたしは右腕につけた腕時計に目をやった。午後三時半を過ぎている。

四時からは別の課がこの会議室を使うことになっているから、それまでには仕事を終えなければならない。

「分かった。リハーサルを続けてくれ」

「T町役場に就職をお考え中のみなさん。わたしは以前、民間の企業に勤務していたのですが、生まれ育った町のために働きたいという思いが強く、役場に転職しました。そして本当に生き甲《が》斐《い》を感じることができるようになりました。——あれ、また『感じ』が出てきましたね。やっぱり変えてもらえますか」

藤野が読む原稿の作成はわたしの担当だった。新人の頃から、下手な文章は役人の恥、と教えこまれている。わたしは顔にやや火照りを感じながらカメラをいったん止めた。

「そういえば、角谷《かどや》さんは、ここに入庁する前、何をやっていたんですか」

原稿を直しにかかったわたしの横から、暇をもてあました藤野が訊《き》いてくる。その何気ない問い掛けに、わたしの拍動は一気に強くなった。

過去にどこで何をしていたか？　それは一番されたくない質問だった。

「別に。ぶらぶらその日暮らしだよ」

「でも、そのときにはもう奥さんも子供さんもいたんでしょう。どうやって生活していたんですか？」

「バイトをちょこちょこやってな」

「この町で、ですか」

「そう」

「どの店で？」

「いろいろだ」

「角谷さんは右利きですよね」

「ああ」

「じゃあ、どうして腕時計を右手に嵌《は》めているんですか」

「いまはそんな話をしている場合じゃないだろ」

語気を荒らげ、わたしは直した原稿を藤野に渡した。だが、拍動は静まらなかった。反対に強くなる一方だ。

やがて胸の中央に強烈な痛みを覚えた。太い錐《きり》をぐりぐりとねじこまれているようだった。背筋が張るような感覚にも襲われ、たまらずその場に膝《ひざ》をついてしまった。

自分の顔面が蒼白《そうはく》になっているのが、鏡を見なくてもよく分かった。

2

昼食を終え、ベッドテーブルを折りたたんだ。

電動リクライニングのレバーを操作し、マットレスを寝かせながら、自分の心臓がいまどんな状態か想像してみる。

腐った果実。そうとでもしか表現しようのない、なんとも異様な物体が頭に浮かんだ。それが放つ異臭まで、実際に嗅《か》いだように思った。

心臓をとり巻いている冠状動脈の中が狭くなり、血液が流れなくなる。結果、心臓の一部分の細胞が壊死《えし》した状態。それが心筋梗塞《こうそく》だ。

治療のおかげで胸の苦しさはほぼ消えたが、代わって左の肩に酷《ひど》い痛みが生じていた。肩甲骨をゴムのハンマーで定期的に叩《たた》かれているような気がする。

一昨日、役場で倒れたわたしは救急車で隣の市に建つ病院に運ばれた。搬送先は「国立Y医療センター」といった。

首を少し捻れば、廊下をバタバタと看護師が走り回っているのが見える。

国立の医療機関は、政府の施策によって定員を厳しく抑えられている。現場は想像以上に大変らしい。昼食が午後一時半という遅い時間にずれ込んだのも、人手不足のせいだろう。

「具合はどうですか」

検温に来た看護師の問い掛けに、わたしは電動リクライニングを使わず、自力で上体を起こした。

「まあ、悪くはないと思います」

「歩けそうですか」

「はい」

「では、これから岸部《きしべ》先生の診察を受けてもらいます」

この病院では、ベッドから出られない患者にしか回診はしないらしい。歩ける患者には、できるだけ体を動かしてもらう意味から、外来診察中の担当医師のところまで自分の足で移動していくことを奨励している。

付き添おうとした看護師を手で軽く制し、その必要はないと伝えた。

「でも、きっと迷いますよ」

入院病棟から外来病棟へいくまでのルートが、実に複雑に入り組んでいることは知っていた。

「大丈夫ですから。看護師さんはお忙しいでしょう。どうぞ他の仕事に戻ってください」

「じゃあ、気をつけてくださいね」

これ幸いといった表情で背を向けると、看護師はナースステーションの方へ走っていった。

その後ろ姿を見送ってから、わたしは一人で病室を出て廊下を歩き始めた。

何気なく廊下に設置された手摺《てすり》。そのありがたさを、この歳にしてしみじみ感じるようになろうとは、しばらく前まで想像もしていなかった。

車椅子に乗った少年の脇を通り、歩行訓練中の女性を追い越し、点滴のスタンドと一緒にトイレに向かう老人をやり過ごすと、『ＣＣＵ』と表示のある部屋の前に出た。コロナリー・ケア・ユニット、つまり冠動脈集中治療室だ。救急車で運ばれてからいまの病室に移るまでの三十時間はここで治療を受けていた。この部屋があったから、いま自分は呼吸をしながら歩くことができている。

感謝の意を込め、頭を下げながらＣＣＵの前を通り過ぎたあと、エレベーターの前も素通りし、階段の降り口に向かった。

踊り場のベンチの下にナースシューズが片方だけ落ちていた。持ち主はどれほど慌てていたのだろう、と想像しながら、渡り廊下へ出る。

この廊下を途中で右に曲がれば事務長室がある。部屋の主《あるじ》は佐川《さがわ》という人物で、事務長に就任する前にはＴ役場の助役をやっていたから、わたしも知っていた。できればひとこと挨拶《あいさつ》しておきたかったが、立ち寄るのはやめておいた。いまはおそらく不在だろう。行っても無駄だ。

外来病棟の診察室に入ると、担当医師の岸部が笑顔で迎えてくれた。

五十歳ぐらいか。背は低いが、年齢のわりに頭髪の量は多い。中学一年時の担任に風貌《ふうぼう》が似ていた。真面目さと剽軽《ひょうきん》さの割合が六対四ぐらい。似ているのが外見だけでなければ、岸部の性格はそうに違いない。

「顔色が冴《さ》えませんね、ラッキーマンにしては」

「ラッキーマン……ですか」

「心筋梗塞は、一回の発作で五人に一人は死亡してしまうと言われているんです。その一人に選ばれなかっただけでも角谷さんは運がいい」

「はあ」

萎《しぼ》んだ風船を踏みつけ、やっと絞り出した。そんな感じの、まるで覇気のない声が出てしまった。瞬間、嫌な考えが頭をよぎったせいだと思う。もし「一人」の方に入っていたら……。

「ご家族の病歴について伺います。ご両親は健在ですか」

「父が亡くなっています。高血圧のせいで動脈硬化になりまして」

「なるほど。高血圧になりやすい体質というのがあって、そういうのは遺伝するんです。今回、あなたがこんな事態になったのも、その体質が関係しているからでしょう。——では、普段の生活について伺います。毎日、運動はちゃんとしていましたか」

「はい」

「では、今回発症した原因は、やっぱりストレスでしょうね。ずっと長い間気にかかっていることなどありませんか」

「あります」

「何でしょう」

「現在、佐川事務長が行方不明になっているというのは、本当の話ですか」

役場にいると町の噂は何でも入ってくる。失踪したのが前助役ともなれば職員たちが黙っているはずもなく、一時はどこの部署に行ってもこの話題で持ちきりだった。

パソコンを使ってわたしのカルテを見ていた岸部は、マウスを動かす手を止めた。たったそれだけの動きからでも、岸部の動揺はよく伝わってきた。佐川失踪の話は単なるデマではなかったようだ。

「事務長さんには、以前、役場でお世話になっているので、ちょっと気になっていました」

そう言葉を続けると、岸部はマウスから手を離し、わたしの方へ体を向けた。

「わたしにとっても、佐川は古くからの友人でした。どうして行方をくらまさなければならないのか。その理由も、本人が失踪する前に聞いています」

「本当ですか」

岸部の意外な返事に、わたしは思わず身を前に乗り出していた。

「ええ。でも行き先は知りません。ですから捜しようがありません」

佐川失踪の理由を岸部は知っているという。できればそれを教えてほしかったが、そこまで質問するのは立ち入りすぎだと判断し、わたしは開きかけた口を閉じることにした。

「それ以外に気になっていることは？」

ふいに手錠の音を聞いたような気がした。額に脂汗が薄く滲《にじ》んだのを感じ、そっとそこへ指先を当てる。

「別にないと思いますが。強いて言えば毎日の仕事ぐらいですか」

無難な返事でごまかしつつ、

――警察から逃げ回っていたことです。

間違っても口にできない言葉を急いで頭の中にしまい込むと、岸部はカルテに向き合いボールペンを走らせ始めた。

「病気に打ち勝つ最大の秘訣《ひけつ》をご存じですか」

机に顔を向けたままの質問だった。

「気力、ですかね。病は気からと言いますから」

「間違いではありません。ですが気力という言葉は漠然とし過ぎている。もっと具体的に考えてください。つまり」

岸部はボールペンを置き、視線を合わせてきた。

「どんな人にも、成し遂げたい、と思っている目標が何かあるはずです。それを強く意識することが最大の秘訣なんです。――角谷さん、あなたの目標は何ですか」

「別に……ありません」

「本当ですか。よく考えてみてください。何かお持ちでしょう」

「まあ、数日前までは持っていたと思いますが……」

このたび大病を患ったことでその意気込みも消えつつあるのです、とわたしは正直に説明した。

「なるほど。たしかに、いつまた発作が起きるかと思うと、生きている心地もしないでしょうね」

一通り触診や打診を行なってから、岸部は机の棚に手を伸ばした。乱雑に積み重ねられた書類の中から一枚の厚紙を引っ張り出す。それに手近にあった注射針で穴を一つ開けると、厚紙をこちらに差し出してよこした。

何だろうと訝《いぶか》りながら、わたしは受け取った。

「それを天井にかざしてみてください。針の穴から電球の光を覗いてみるんです」

言われたとおりにした。

「透明な光の輪がいくつも目の前に浮かんでいるでしょう」

「……ええ」

「その小さな輪には、ちゃんと名前があるんです。フローターと呼ばれています。フローターはただの光ではありません。その正体は眼球の中に浮かんでいる血液の細胞なんですよ」

「……綺麗《きれい》ですね」

「でしょう。それは、あなたの命の美しさです」

気がつくと、わたしの頰は自然に笑みを作っていた。

「そう。その表情ですよ。作り笑いでもいいから笑っているといいんです。笑顔は万病の特効薬ですから。――昔、アイゼンハワーという人がいたでしょう」

「アメリカの大統領だった人ですか」

「そう。そのアイゼンハワーさんは、角谷さんのように心臓に持病があった。でも毎日なるべく笑うようにしていたら、いつの間にか健康を取り戻していたんです。そういう事例だってあるんですから」

黙って頷《うなず》き厚紙を返そうとしたところ、岸部は、それを持って帰りなさいと命じてきた。

「ところで、角谷さんは病室からここまで一人で来たんですか」

「ええ」

「よく迷いませんでしたね。ここでは、たいていの人が、案内板を見ながらでも迷子になるんですが」

「迷路を解くのは子供の頃から得意でしたので」

またいい加減な返事をし、診察室の出口へ向かった。そして廊下へ足を踏み出す前に、岸部の方を振り返った。

「税金を無駄にしないことです」

「……と言いますと?」

「さっきの話ですよ。わたしが成し遂げたいと思っていることです。若い職員に途中で退職されたりすると、追加で人員を募集するのに手間や予算がかかってしまいます。T町にはこれといった産業もないので、役場の財政はいつも厳しいんです。ですから、そういうことはないようにしたいと思っていたところなんです」

「なるほど」

ふと思案顔を覗かせた岸部に一礼し、病室への帰路についた。

この角を右に曲がればレントゲン室があり、その先にはリハビリテーション・センター。左に行けば、MRI室と救急処置室……。病院の構造はいまでも頭に入っている。

失業していたころ、生活に困り、窃盗を何回か繰り返していた。

この国立病院に忍び込んだのは、六年十か月前のことだ。その年の初雪が降った深夜だった。医師や看護師の鞄《かばん》やバッグを物色し、財布から紙幣を何枚か抜き取ってから逃走した。

何件か続けた盗みのなかで、この一件が特に忘れられないものとなったのは、現場から立ち去る際、地面の雪に足跡を残すという決定的なミスを犯してしまったからだった。

ところが、なぜか捜査の手は伸びてこなかった。それがいまでも不思議でならない。

自らの手が犯した所業については、もちろん後悔している。

——自分を恥じるような真似だけはするなよ。

病に倒れた父が今際《いまわ》の際に残した言葉は説教じみていて鼻についたが、心を入れ替えるきっかけにはなった。

一念発起し、公務員試験の勉強に励み、役場に就職することができたが、嬉《うれ》しくはなかった。

犯罪者が合格した裏側で、真面目に生きてきた者が誰か一人落ちたわけだ。申し訳ない気持ちが勝り、とても素直には喜べなかった……。

病室へ戻り、ベッドの上で苦い昔話を思い出しているうちに、浅い眠りに落ちていた。看護師の声で目が覚めたときには、窓の外はもう暗くなっていた。

「角谷さん、明朝になったら病室を移動してもらいます。ですから、いまのうちに荷物を整理しておいてください」

いまいる病室は循環器系病棟の四階にある四人部屋だった。一つ空きがある。眺めのよい場所なので気に入っていた。追い出される筋合いはないはずだ。

「移動って……なぜです?」

岸部先生の指示ですから。看護師の説明はそれだけだった。

3

命じられた引っ越し先の病室は、消化器系病棟の三階にあった。

二人部屋で、相部屋になった男の名前は喬木《たかぎ》といった。

歳は四十二、三といったところか。柔道でもやっているのかもしれない。やけに密度が高そうな、がっちりとした体格をしていた。反対に、顔にはだいぶやつれが見られた。靴墨でも塗りつけてあるのではないか。そう錯覚しそうになるぐらい、こけた頬が作り出している影は濃い。

肝硬変。それが喬木の患う病であることは、事前に看護師から教えられていた。

そのせいで病室を移動させられた理由がますます分からなくなった。この病院では、できるだけ同じ病状の患者を同じ病室に入れているはずなのだが……。

ただし喬木は、肝硬変の影響で、脾臓《ひぞう》も炎症を起こしていたようだ。脾臓なら循環器内科の範疇《はんちゅう》だから、岸部にも診てもらっているのだろう。そこが、わたしと喬木の唯一の共通点のようだ。

それはそうと、喬木はほとんど喋《しゃべ》らない男だった。わたしは自分が役場の職員である旨を告げたのだが、彼の方は素性を明かそうとはしなかった。

「歯と胃も調子が悪いんですよ」

そう言ったきり喬木は黙り込んでしまった。どうにも気まずく、最初の晩はよく寝付けなかった。

翌日になって、病室に岸部が入ってきた。

同室者を集めて医師がカウンセリングをする。そんな実験的な試みが、この病院では以前から行なわれているという。それを実施するためだった。

「お二人で、もうだいぶ会話は交わしましたよね」

室内に足を踏み入れつつ岸部が発した質問を受け、わたしは喬木の方を見やった。こちらの仕草は喬木の視界に入っているはずだったが、彼は視線を合わそうとしなかった。

「いいえ」わたしは同室者に遠慮をしながら、小さく首を横に振った。「それほどには」

「なるほど」

そう岸部が短く応じるや否や、鈍い音が病室に響き渡った。彼がいきなりベッドの脚を蹴《け》ったせいだ。

いわゆる弁慶の泣き所を押さえて、岸部は大袈裟《おおげさ》に痛がってみせる。いや、ふりが半分、本気が半分、といった蹴り方だったから、ある程度は本当に痛みを感じているに違いなかった。

「いいですか。こうやってぼくが苦しんでいるとしますよ。角谷さん、この場合、ぼくのためにあなたは何をしてくれますか」

「手当てをしてあげます。傷を負っていたら、消毒して、絆創膏《ばんそうこう》を貼って」

「喬木さんは」

「……同じです」

「それは残念ですね。傷の手当てぐらいは自分でできるんです。こう見えても医者ですから。——ぼくが一番してほしいのは、そういうことではありません」

「……では、何でしょうか」

「角谷さんもベッドの脚を蹴ってみてください」

言われたとおりにした。手加減したつもりだったが、足腰がふらついていたのでうまく勢いを調節できず、思った以上に強く蹴ってしまった。脛《すね》を抱え込んでうずくまり、呻《うめ》き声をあげる羽目になった。

「ぼくが望んでいるのはそれです。つまり一緒に痛がって泣いてもらうこと。共に苦しんでくれる人がそばにいること。人間にとって、これが一番の鎮痛剤なんです」

涙でぼやけた視界を通し、ちらりと見やった喬木は、相変わらず無表情のままだった。

「そういうことを知れば、同室の入院患者というのは実にありがたい存在だ、と気づくでしょう。共に病気で苦しんでいる仲間ですからね。ですからお二人には、もっと積極的にコミュニケーションを取ることをお勧めします」

そんなやりとりのあとで、岸部は我々に「成し遂げたい目標」を繰り返させた。わたしは、一昨日、診察室を出る前に言ったのと同じ台詞を繰り返した。

一方の喬木はといえば、相変わらず沈黙の構えを崩さない。

「喬木さん。前に一度、ぼくに話してくれたじゃありませんか。入院してまだ日が浅いころは、あなたにはまだ意気込みがあった。あのときを思い出してください」

そんなふうに発破をかけたところをみると、岸部はもう喬木の「目標」を知っているようだった。

それでも喬木が黙っていると、岸部はいきなり立ち上がり、やおら息を吸い込んだ。

「おれは三年以内にここの内科部長になるぞっ。出世して、金もうんと稼ぐぞっ」

彼が大声で叫んだ言葉の内容はそうだった。

看護師が二人ばかり、申し合わせたように目を丸くして顔を覗かせる。気にするなと彼女たちに手を振り、岸部は座り直した。

「これでぼくは、間もなく内科部長になれるし、金持ちにもなれるでしょう。――ある心理学者によれば、その行動を取るという意図を口に出して言うと、実際に行動する確率が二倍近くに高まるそうです。どのような行動でもね。ですから、いまぼくがやったように、何事につけても、心に抱いている意気込みを口に出すことは、とても大事なんですよ。これは覚えておいてください」

明日も暇を見つけて来ますから。そう付け加えて岸部は去っていった。

また二人きりになるのが気まずかった。それは喬木も同じだったらしい。彼は財布を持って病室から出て行った。

しばらくして帰って来た喬木は、手に売店で買ったらしい新聞を持っていた。こちらに背を向けるようにしてベッドに座り、紙面を開く。

それとなく視線を辿《たど》ってみたところ、喬木が真っ先に読み始めたのは「おくやみ」と題されたコーナーのようだった。昨日もそうだった。

訃報《ふほう》欄をチェックし終えると、今度は時間をかけて社会面に目を走らせていた。

新聞を畳んだ喬木に、

「すみません、ちょっといいですか」

わたしは一枚の紙を差し出した。先日、岸部からもらった例の厚紙だ。

そしてわたしがあのときの岸部に扮し、喬木にはわたしの役をやらせ、授けられた知識をそのまま教えてやった。

案の定、フローターを目にした喬木は、ふっと頰を緩めた。彼が初めて見せる笑顔だった。

「わたしもね」喬木は言った。「これを岸部先生に教わったんです」

「そうでしたか」

生きていると思うだけで、少しは元気が湧いてくるものですね。そんな意味の言葉を呟《つぶや》いてから喬木は立ち上がった。窓際まで歩き、夕暮れの空に目をやる。

やっと打ち解けて話すチャンスが来たと思い、わたしもベッドを離れて彼の隣に並んだ。

「ここの事務長が行方不明になっているそうですよ」

警察官なら把握しているだろう話題を振ってみると、案の定、喬木は特段驚いた素振りも見せず、ただ小さく顎を引いてみせただけだった。

「失踪の理由を、岸部先生は知っているんです。先生本人がそうわたしに話してくれました」

「医者が患者に隠しごとをすると、患者にとってよくないそうですからね。反対に、何でも打ち明けると、患者は元気になる。そういうことを、先生はよく知っているんだと思います」

「でしょうね」

「普通の医者は病気しか治せないけれど、もっと優れた医者は人間まで治してしまう。そんなふうにいうらしいですね」

西日に目を細めながら喬木が口にした言葉は、わたしにとっては初耳だった。

「そういう中国の諺《ことわざ》があるんですよ。『小医は病を医《なお》し、中医は人を医し……』というやつです」

「小医、中医ときた以上、大医もあるわけですか」

「ええ。『中医は人を医し』のあとはですね、『大医は』――」

「待ってください」

わたしは手の平で喬木の台詞を遮った。ナースステーションに行けば国語辞典ぐらいあるだろう。もし辞書に載っていなかったら医学書に当たってみればいい。暇つぶしの材料としてはちょうどよさそうだ。

4

翌日も午後から岸部がカウンセリングにやってきた。

「成し遂げたいことを口に出してください」

税金を無駄にしないことです。そうわたしが繰り返したあとに、ようやく喬木も口を開いた。

「盗犯係刑事としての仕事を全うすること。もっと詳しく言えば、逃がしたままでいる泥棒を捕まえることです」

いまの言葉を聞いても、わたしは特に驚かなかった。

喬木が警察の人間であることは、だいたい見当がついていた。俗にいう「ドロ刑」だということにもだ。

まず自分から素性を明かさないところが、いかにも警察官らしかった。

加えて喬木は「歯と胃も調子が悪い」と言っていた。泥棒刑事は、張り込みのときなどにかなり神経を過敏にする。犯人を取り逃がそうものなら、どんな叱責《しっせき》を食らうか分からない。強い緊張に歯を食いしばりながら耐えているうちに、奥歯がぐらぐらになってしまったり、胃をやられたりする者が多いらしい。そんな話は何度か耳にしていた。

新聞の訃報欄を真っ先に見る癖も、彼がドロ刑であることの左証と言えた。香典専門の泥棒は昔からいる。また、葬儀のため留守になる家を把握しておく作業は、盗犯係の刑事にとってイロハのイだ。

喬木が言うには、自分が担当した事件のうち、取り逃がしたままになっている窃盗犯が何人かいる、とのことだった。

「そいつらは、どこかでまだ悪事を続けているかもしれない」

窃盗罪の公訴時効は七年。わたしがこの病院に盗みに入ったのは、六年十か月前だ。かつて犯した何件かの盗みのうち、これだけがまだ時効を迎えていない……。

ここで、わたしは思わず目を伏せた。

なぜ喬木と同じ病室にされたか、おぼろげながら見当がついたからだ。岸部は何らかの理由で、わたしが元窃盗犯だと知った。そこで喬木にわたしを捕まえさせようとしているのではないか――。

「……やさん。角谷さん」

岸部に呼ばれていることに気づき、わたしは、はっと顔を上げた。

「どこに置き忘れてきたんですか」

「……何をでしょうか」

「これですよ」

岸部は年齢のわりには黄ばみの少ない歯を、上下ともニッと見せてよこした。

「え、が、お、です」

すみませんと軽く頭を下げ、ぎこちなく笑ってみせたあと、

「昔から『笑う顔に矢立たず』と言いますからね」

今日の午前中、ナースステーションで借りた国語辞書で覚えたばかりの言葉を、さも以前から知っているように口にしてみせた。

5

明日には退院だが、まだ少し歩行がおぼつかない。

できるだけ院内を歩き回るようにしてきたものの、それでも入院生活では安静を強いられる場面が多い。体を動かす機会が減ったせいか食も進まず、入院以後の三週間で体重は三キロばかり落ちていた。

岸部の診察室に入ると、まず「喬木さんも同じタイミングで退院です」と教えられた。

「……よかった。わたしにとっても嬉しいことです」

「角谷さんの場合は、これから先、自宅でも健康をチェックすることが大事になりますね。こういうものもありますよ」

岸部は机の抽斗《ひきだし》を開け、そこから四角い装置を取り出した。携帯型の心電計のようだった。

縦十センチ、横二十センチほどのサイズで、ボディはプラスチック製なのだが、左右両端からは一部金属の部分が覗いている。岸部の説明によると、片方は指電極、もう片方は胸電極というらしい。

使い方を教えられた。まず患者衣の前をはだける。次に指電極に右手の人差し指を当て、続いて胸電極を心臓のある部位に密着させる。その状態で測定スイッチを押せば、約三十秒で心電図が記録されるそうだ。

「こうした装置を一つ買って、ご自分の心臓の様子を、毎日こまめに観察するといいでしょう」

その場で実際に測ってみたところ、表示された心電図の波形には、下方にがくんと落ち込む部分が認められた。これが異常Q波といって、心筋梗塞の既往患者に特徴的な波形であることは、もう何度か岸部から説明されている。

「健康な人の場合はどうなりますか」

「もちろん規則正しい形になりますね」

「先生はご健康ですよね」

「試してみましょうか」

「お願いします」

岸部がネクタイをゆるめ、ワイシャツのボタンを外した。意外に分厚い胸板をしていた。

「そういえば以前、踊り場に看護師さんの靴が落ちていましたよ。ここの忙しさがよく分かりました」

「国立の病院は、総定員法というやつでスタッフの数が抑えられていますからね。もっとも、上にいる連中がしっかりしていれば、少ないスタッフでもうまく回せるんですよ。必要な設備投資に、ちゃんと予算を使ってくれればね」

病院の上層部に不満を抱いているらしく、岸部は意外なほど強い調子で、そうひとしきりぼやいた。自分で自分に言い聞かせるような口調でもあった。

「夜間も人手が少ないんですか」

「ええ。ギリギリの人数でやっています」

「じゃあ、なかなか気づかないでしょう」

「何にです？」

「泥棒に入られたりしても、です」

いまの一言で岸部の心電図に乱れが生じたのをちらりと目にしてから、わたしは診察室を後にした。

泥棒刑事もそうだが、窃盗犯の方もまた「仕事」の最中には限界まで緊張している。それだけ集中力を発揮しているわけだ。だから犯した「仕事」については細部に至るまで異常なほど鮮明に記憶している。被害者と泥棒の証言が食い違った場合、必ずと言っていいほど後者の証言が正しいものだ。

この病院に忍び込む前に頭に叩き込んだ地図は、まだ脳裏に焼きついたままだ。もちろん今回も病室に帰り着くまで、一歩たりとも方角を間違うことはなかった。

6

荷物をすべてまとめ、入院中はずっと外していた腕時計を手にした。

うっかり左の手首に嵌《は》めようとし、慌てて右に移し変える。

これは一種のまじないだった。刑事は犯人の利き腕に手錠をかけるという。こうしてあらかじめ右の手首を塞《ふさ》いでおけば、捕まることはないような気がするのだ。

喬木と一緒にロビーへ降りていくと、そこには手の空いている事務職員や用務職員たちが十人近くも待機していた。あまり親しくない入院患者まで見送りの列に加わっている。

病院の中では、重い病気から復帰した人ほどヒーロー扱いされるというが、心筋梗塞と肝硬変では別段珍しくもないはずだ。それぞれ一人ずつならここまで人は集まらなかったのではないか。ならばこれは「合わせ技」というやつだろう。

ただし、医師や看護師の数は少なかった。事件といっては大袈裟かもしれないが、それに類するような出来事が何かあったのかもしれない。今日は病院全体が慌ただしい雰囲気だ。職員たちが浮き足立っている。

喬木に別れの一礼をし、わたしは病院前でタクシーを拾い、後部座席に腰を下ろした。すると、

「待ってください。わたしはこれから署に顔を出そうと思います。角谷さんのご自宅と方角は同じですよね」

気軽な口調で言いながら、だが有無を言わさずといった様子で、喬木も一緒に乗り込んできた。

「運賃はこっちが出しますんで、ご心配なく」

屈託なく笑った喬木は、たぶんわたしを捕まえるつもりなのだろう。おそらくはこの車中で。人目を避けた場所での逮捕。それは、何日間も同じ病室で過ごした相手への、せめてもの温情なのかもしれない。

タクシーは、前の座席のヘッドレストがテレビモニターになっていた。ちょうど昼のワイドショーが始まる時間帯だった。喬木はスイッチに手を伸ばし、音量を少し上げた。

手錠をかけられる前に、ずっと疑問に思っていた点について訊いてみることにした。

「泥棒の中には、きっといるでしょうね」

「……どんなやつがですか」

「疑問に思っているやつが、です。自分は窃盗を働いた。だけどなぜか捜査の手が伸びてこない。おかしいな、と思っているやつが、ですよ」

「いますね」

鼻毛でも抜きながら口にしたような、こともなげな返事だった。

「そういう事態が生じるのは、どんな理由からでしょうか」

「例えばですよ」喬木はぐにゃりと頰を歪《ゆが》めた。「ドロ刑連中の中には、ホシをしばらく泳がせて、太らせてから逮捕するやつもいるんです」

「太らせる……?」

「ええ。見て見ぬふりをしてホシに仕事をさせておくんです。半年から一年ぐらいのあいだね。被害者には気の毒ですが、そうすれば余罪がたっぷり付くでしょう」

「その方が刑事さんとしても手柄になる、というわけですか」

「ご名答です」

しばらく両者無言の状態が続いた。

案の定、喬木の太い指がわたしの手首を強く摑《つか》んできたのは、それから三分ほど経ったころだった。

何度も予想していたことだ。わたしはおとなしく観念し、目を閉じた。

そしてほんの短い時間のあいだに、もう一度考えてみた。

自分はいったいどんな罠《わな》に嵌まってしまったのだろうか。

何らかの事情からわたしが窃盗犯だと知った岸部は、たまたま同時に入院していた刑事の喬木にわたしを引き合わせた。数週間一緒の病室で過ごさせ、そのあいだにわたしがボロを出すのを狙ってのことだろう。

だがこちらは、喬木の前で言動に細心の注意を払ってきた。彼が一緒のときは、わざと院内で迷ってみせたりもした。綻《ほころ》びを覗かせた覚えはない。それは断言できる。

ならば、なぜ捕まってしまったのか……。

「事務長が失踪するというのは、普通、どんな場合だと思います」

予想していなかった喬木の質問に、わたしは薄く目を開けた。

「……病院の経営上、世間に顔向けできない不祥事を起こしてしまった、ということでしょうか」

「そのとおり。あるいは、自分で起こしたのではなく、その不祥事に巻き込まれてしまったか、です。――まあ見てくださいよ、角谷さん」

興奮を隠し切れない、といった喬木の声に、わたしは視線を上げた。

喬木の左手は、ヘッドレストのモニターを指差している。【緊急記者会見】とタイトルの出たテレビの画面には、見覚えのある顔が映っていた。

岸部だった。

【国立病院での裏金作り　院長と副院長の不正を医師が実名で告発】

画面下のテロップはそう読めた。裏金作り――それは何年も前から慣習的に行なわれてきた悪事のようだった。

喬木が、こちらの腕を放した。

どうやら岸部の意図について、わたしは完全に思い違いをしていたらしい。

いま喬木が言ったもの以外に、わたしが足跡を残しても捕まらなかった理由が、もう一つある。

そもそも病院側が被害届を出さなかったのだ。

警察が介入してくれれば、不正な経理操作が発覚してしまうかもしれない。それを怖れた病院の上層部は、財布から金を抜き取られた医師や看護師たちに損害を補塡《ほてん》してやり、そのうえで厳重に口止めをしたのだろう。

失踪した佐川から裏金作りの事実を知らされた岸部は、内部告発をしなければと思った。ただし、それを実行すれば、おそらく病院にはいられなくなる。黙ってさえいれば一応は安泰なのだ。そんな保身の気持ちに流されそうにもなったに違いない。

いずれにしろ、踏み切るのは容易なことではなかった。

そこで彼は一つの方法を試みた。わたしと喬木の前に自らを立たせ、意志を持ち続けなさいと説き続けることにしたのだ。わたしと喬木ではなく、自分自身を説得するために。

税金を無駄にしないこと。

逃がしたままでいる泥棒を捕まえること。

二人の患者の目標は、偶然にも、裏金問題を追及する岸部自身の意図に重なっていた。国立病院は税金で運営されている。裏金を作り、それを着服している泥棒はまだ捕まっていない。

わたしと喬木の病室を一緒にしたのは、自己説得の方法を実践するうえで効率がいいからに過ぎなかったらしい。

数十本並んだマイクの前で、岸部が軽く咳払《せきばら》いをした。

《まず、感謝の意を表したいと思います》

主役が口を開き始めると、それまでざわついていた会場が一転、静寂に包まれた。

《こうしてわたしの背中を押してくれた二人の患者に》

その一言で、いま頭のなかで巡らせた推測が、けっして的外れではなかったことが確信できた。

先日ナースステーションで借りた医学書に、「小医は病を医し、中医は人を医し」に続く言葉が、「大医は国を医す」とあったのを思い出しながら、会見する岸部の姿をわたしは見つめ続けた。

《自分を恥じるような真似だけは、したくありませんでした》

なぜ告発に踏み切ったのか。記者からの質問に対する、それが岸部の答えだった。

「そろそろ降りられますか」

喬木の声に我に返ると、いつの間にかタクシーは自宅のそばまで来ていた。

「いいえ」

目蓋《まぶた》の裏側に父親の顔を思い浮かべながら、気がつくとわたしはそう答えていた。

「行き先を変更することにしました」

「どこへです?」

「喬木さんと同じ場所へ」

わたしは再びヘッドレストのモニターに目を向けながら、右手首の腕時計を左の手にそっと移し替えた。

ステップ・バイ・ステップ

1

上郷仁志《かみごうひとし》は生体情報モニターに目をやった。

体温が三十七度八分。血圧が収縮期百二十六、拡張期七十七。呼吸数も異常なし。血中酸素の含有率も安定している。ただ心拍数が五十二というのはやや弱い。

バイタルサインの確認を終え、強心剤を投与する準備を始めたところ、河原崎《かわらざき》がベッドに肘《ひじ》をつき、よく肥えた上体をのっそりと起こしにかかった。

「先生」

聞こえなかったふりをしたが、

「上郷先生」

再び呼びかけられては振り向くしかなかった。

「最近、面白い話を見たり聞いたりしませんでしたか」

「別に」

「じゃあ、つまらなくてもかまいません。ただの世間話でいいです。何かあったら教えてくれませんか」

河原崎の枕元には書籍が十冊ほど、そして新聞と雑誌も一山置いてある。整然と積み上げてある点と、雑誌のページの間から栞《しおり》代わりの付箋《ふせん》がぴちっと垂直に覗《のぞ》いている点に、彼の性格が垣《かい》間見《まみ》えた。

それはともかく、この患者はかれこれ一週間ばかりベッドに縛り付けられたままだ。活字に飽き飽きしたのはよく分かる。人の口から何らかの情報を得たいと思うのは自然だろう。だが――。

上郷は作業の手をいったん止め、宙を摑《つか》む真似をした。その拳《こぶし》を河原崎の方へ突き出す。

「何がありますか、拳の中には」

河原崎は瞬《まばた》きを重ねた。「ただの空気じゃないんですか」

「違います」

「じゃあもしかして……細菌ですか」

目で頷《うなず》いてやり、強心剤の投与準備に戻った。

だから病人は無駄口など叩《たた》かず、唇を閉じているに限るんですよ――言いたいことは伝わったはずだが、相手はそれに従うつもりはないようだ。河原崎は肉づきのいい顎《あご》を突き出すようにして、こちらの手元を指差してきた。

「その薬は何です。ジギタリスですか」

「そうですけど」

「ジギタリスって、匙《さじ》加減が難しいんでしょう？　与えすぎると、強い副作用を惹《ひ》き起こしてしまいますし、下手をしたら患者を死なせてしまうこともあるそうですね」

「まあ、たまには」

「だけど、ある程度の量を与えないと効き目がない、というのもまた事実です。そういうわけで、昔から、ジギタリスを上手に処方できることが腕のいい医者であることの証明だった。そういう話を聞いたことがありますよ」

みたいですね。曖昧《あいまい》に返事だけはしておいた。

「先生、どうしてわたしが先生に薬について蘊蓄《うんちく》を傾けなくちゃならないんです。逆じゃありませんか」

別に説明してくれと頼んだ覚えはない。

「何か話題をわたしに振ってくれませんか。どんなことでもいいですから。このままだと病気じゃなくて退屈に殺されてしまいますよ」

もう一度、無視を決め込んだ。愛想の悪さについては、もちろん反省はしている。だが、雑談ほど苦手なものはないのだからしかたがない。

「昨日の晩、わたしが寝付いたのは何時ごろだったでしょうかね」

今度は欠伸《あくび》交じりにそんなことを言い出し、河原崎は目をこすった。あまりよく眠れなかったらしい。

五床の集中治療室。ベッドはどれも埋まっている。うち二人は呼吸が困難な重症患者だ。彼らの使う人工呼吸器は、メーカーのパンフレットでは静音設計をうたってあるものの、その実かなり大きな音を出す。たしかに、朝まで聞かせられてはたまらないはずだ。

「知りません」

「今日は何日でしたっけ」

「五月十九」

「わたし、昨晩、何を食べました？」

「病院食」

「それは分かりますけど、どんな献立だったかが思い出せないんですよ」

「メニュー表を見て」

「今日は何曜日です？」

「月《げつ》」

「いま何時ですか」

「ちょうど正午」

「アサちゃんどうしました」

河原崎の目は相変わらず眠そうだった。だが、いまの質問だけは口調が急に引き締まっていた。検察官という職にある河原崎ならではのテクニックというべきか。

質問をあちこちに飛ばす。受ける方は、その真意がどこにあるのか摑めずに戸惑う。そうして証人や被告を煙《けむ》に巻いておいてから、ピシッと一刺し〝決めの質問〟をし、動かぬ発言を引き出す。そうした尋問術があるという話はどこかで耳にしていた。

「……誰？」

「アサちゃん。研修医の内山《うちやま》亜沙子《あさこ》さんですよ。このところ見かけませんけど。たしか先週の木曜日からですから……」金、土、日、月、と口の中でもごもご数えたところで河原崎は言葉を継いだ。「今日まで姿を見ていません。もう五日目になりますよ」

「休んでます」

「どうしてです？　元気そうだったのに。病気ですか」

「知りません」

「知らないって……。おかしいでしょう。上司なのに」

「上司ではありません。ただの教育係です。──袖《そで》を捲《まく》ってもらえますか」

河原崎の静脈にジギタリス製剤を注射しながら、いまの気分はどうかと訊《たず》ねた。

四十四歳の検事は何か言いたそうにしたが、結局、大丈夫です、と小声で答えたあと、立て続けに三回ばかりしゃっくりをした。

「経過は概《おおむ》ね良好ですから、明日にでも一般病棟に移ってもらいます」

2

集中治療室を出て、次に向かった先は外科部長室だった。

手が空いたら来てくれ。西本直守《にしもとなおもり》がそう求めてきた理由は何なのか。見当がつかないままドアをノックすると、いつもの落ち着いた声で入るよう返事があった。

ドアを開けたところ、西本はデスク前の床にいた。白衣を着たまま腹筋ローラーを使っている。膝《ひざ》をつけずに、両手で持ったローラーと爪先だけで体を支えているから、横から見ると彼の体は「へ」の字に見えた。

「失礼。最近は、まったく体を動かす時間が取れなかったもので」

立ち上がった西本は、ほとんど息を乱していなかった。白衣の合わせ目から覗くワイシャツの腹部は、五十四という年齢からすれば、かなりすっきりと贅肉《ぜいにく》が落ちている方だ。

西本はデスクに戻ると、椅子の背凭《せもた》れに身を預けながら、机上にあった額縁を手にした。

「ぜんぜん大した用事ではないのですよ。ただ、これを部屋のどこかに掲げておかなければと思いましてね」

西本が持った書道用の額には、一枚の紙が入れてあった。

【正直な医療の五原則】と題されたその紙に記してあるのは、
一、事故や失敗は隠さない。
二、患者様から指摘される前に、こちらから話す。
三、ミスや過誤があれば、即座に謝罪する。
四、病院は常に職員の味方である。
五、ただし事実を隠蔽《いんぺい》した場合はこの限りではない。
といった文句だった。つい最近、この「曽根川共済病院《そねがわきょうさいびょういん》」の院長が起案したスローガンだ。

「はて」背凭れに寄りかかったまま、西本は額を差し出してきた。「どこがいいでしょうかね」

額を受け取り、上郷は室内を見渡した。あいにくと、四方の壁には空きスペースが一切なかった。医学文献やら学会誌、サマリーの束といったものが天井近くまで山積みになっている。

額のサイズは縦三十センチ、横四十五センチほどだが、書類の山を少し崩さないかぎり、掲示する場所を確保できそうにない。

「さっきまで上郷くんは……」西本の骨ばった指が、統括している外科医たちの予定表を捲《めく》った。

「河原崎さんの回診をしていたのですね。あの人、具合はどうですか」

「良好と言っていいと思います。——オペの際は、どうもありがとうございました」

上郷は改めて頭を下げた。

心臓弁膜症を患い、十三日に入院した河原崎。彼の手術を担当する医師は、予定では自分だった。しかしその日——五月十五日の朝、出勤途中に、本院付近の横断歩道で交通事故に巻き込まれてしまった。信号無視の大型バイクに接触されたのだ。

信号無視と接触だけでは不起訴処分になる場合も多い。だが、バイクの運転手は交通違反の常習犯だったらしく、事故処理にあたった警察官の話では、この一件で間違いなく起訴されるとのことだった。

こちらは幸い、左の肘に軽い打撲傷を負っただけだったが、院長からは施術を禁じられた。かといって延期するわけにもいかず、急遽《きゆうきよ》、代理で西本にメスを執ってもらった。

「今日の処置はどうしました」

「ジギタリスを投与しておきました」

「何ミリグラム?」

「その点なんですが」

今朝、カンファレンスの際、西本からアドバイスがあった。〇・四ミリグラムは必要だろう、と。だが、自分の経験に照らして言えば、それでは明らかに多かったため、先ほどの治療では〇・二五ミリグラムに抑えておいた。

この報告に西本は一瞬顔をしかめたが、それ以上追及する素振りは見せなかった。

「そういえば、研修医が一人、長く休んでいますね」

「内山亜沙子のことですか」

「そう。年休の申請期間が過ぎているので、わたしから何度か電話してみましたけれど、いつも留守電なんですよ。正式な職員でないとはいえ、無断欠勤というのはさすがにまずいでしょう」

西本はデスクに肘をついた。アンダーリムの眼鏡にラウンド髭《ひげ》、そして白髪交じりの長髪。独特の風貌《ふうぼう》をしたこの外科部長が指を組むと、スクリーンの中で役者が演技をしているように見えた。

「彼女が出した年休の申請用紙には『体調不良』とありましたが、どんな症状か知っていますか」

「すみません、わたしもはっきりとは把握しておりません」

「ナースたちは、内山さんがうつに罹《かか》っていると噂をしているようですね」

その話は耳にしていた。看護師たちの情報網は実に正確で、ただのデマが飛び交うことはほとんどない。

「上郷くん、彼女の家まで行って、様子を見てきてもらえませんか。それから、彼女とどんな話をしたか、わたしに報告してください」

平静を装ってはいるが、いま西本が見せた指を組む動作には、どこか力みがあった。こちらを呼び出した本当の理由は、この命令を下すことにあったのかもしれない。

「お願いできますね」

「分かりました」

答えたあと、まだ額を手にしたままだったことに気がついた。

「これを設置するには、壁際に積み上げてある書類をどこかへ移していただかないと、無理のようですが」

「それはできません。どれも頻繁に参照する文献ですからね。……分かりました。では、紙を額縁から出してもらえますか」

言われたとおりにした。

「額はキャビネットの中にしまってください」

その指示にも従ったところ、西本の細い腕が伸びてきた。紙の方だけはよこせ、と言っている。渡してやると西本は、もっと小さく作り直しますかね、と独り言《ご》ち、紙を二回ほど引き裂いてからゴミ箱に捨てた。

「では、研修医の件は頼みましたよ」

机上の書類に目を落としながら念を押してきた西本の頭頂部には、今までになく白髪が目立っていた。

3

亜沙子の部屋には、薄く埃《ほこり》の臭いが漂っていた。

家事をする気力を失っていることは、台所の様子からも明らかだった。先ほど、この1LDKに上げてもらった際、ちらりと覗いたシンクには、野菜の皮が散らばり、その上では小さな羽虫が飛んでいた。

一週間ぶりに会った亜沙子の動作は、やけにゆっくりとしていた。コーヒー豆を手動式のミルで挽《ひ》くのに五分間ばかりかかった。ネルを使って淹《い》れ、一回目の注湯まで、さらに五分ほどを要した。

残りの湯を注ぐタイミングも遅れに遅れ、豆の表面に出来ていた泡が消えるころになって、やっと二回目、三回目の注湯が行なわれた。

十五分ほど待って出てきたコーヒーを一口啜《すす》ってから、上郷は口を開いた。

「内山さんがいてくれないと、おれが困る。患者との話のネタにね」

亜沙子の口からは、何の応答もなかった。

「ほら、弁膜症の河原崎さんって患者を覚えているだろ。検察庁の人」

まさか忘れてはいないだろう。亜沙子は河原崎の手術に立ち会っている。研修医ではまだ戦力にならないから、ナースの代わりにガーゼの数を確認する仕事をしながら、オペを見学したはずだ。

こくりと頷いた亜沙子の額にかかった前髪は、以前はあった艶《つや》をすっかり失っていた。

「西本先生のオペを手伝ってみて、どうだった。やりづらかっただろ」

腕が立ちすぎるせいか、あるいは極度に多忙なせいか、西本は手術の際、サポートにあたっている医師、看護師、技師らと会話をほとんどせずに、一人でさっさと進めてしまう癖がある。

「あのクランケは、さすがに検事というだけあって、見かけによらず敏感だよ。見抜いている。おれが喋《しゃべ》らなくなったのは、内山さんが姿を見せなくなってからだって」

亜沙子が、出勤途中や休憩時間に見かけた光景をデジタルカメラで撮影し、こちらのパソコンや携帯電話に送ってよこすようになったのは、自分の教育係である先輩外科医が、あまりに患者に対して無愛想で、コミュニケーションが下手なことを気にしてのことだった。

大雨のあと水嵩《みずかさ》が増した川、街路樹にとまったムクドリの大群、近所の稲荷《いなり》神社で行なわれた祭りの様子……。亜沙子のレンズが捉《とら》えたものは身近な風景ばかりだったが、それでもありがたかった。

病気を治すのは患者自身だ。投薬などの処置は、それを横から補助するという意味しか持たない。そして優れた医者は、何よりも言葉で励ますことにより、患者の持つ自然治癒力を最大限引き出すものである。医術では言葉の力が非常に重要なのだ。したがって医者は患者とよく会話をする仲にならなければならない。

そんなふうに、医学部時代から幾度となく、教授や先輩に言い聞かせられてきた。

――「昨日の雨で橋が流されないか心配ですよね」

――「ムクドリの鳴き声で眠れなかったら、遠慮なく言ってください」

――「子供の頃に行った稲荷神社の祭りが、まだ続いているとは思いませんでした」

一枚の写真は、患者と会話するきっかけを作ってくれた。雑談のネタを仕入れる暇さえない身にとっては、十分にありがたい資料だった。

「体調不良と聞いたけれど、誰かに診てもらっているの？」

この質問に、亜沙子は力なく首を横に振った。

「だったら、一度、診察を受けてみたらどうかな」

やはりナースたちの情報は正確だった。無口に加え、やけに鈍い動作。亜沙子の様子には典型的なうつの兆候が見られる。

「おれたちの病院にだって精神科はあるんだから、そこでさ」

西本の命令は「亜沙子の様子を見てきて、会話を報告しろ」に留《とど》まっていた。しかしそれだけなら、彼女が独り暮らしをするマンションまで、こうしてわざわざ出向いてきた意味がほとんどなくなる。忙しいなか、無理やり半日間の休暇を取って来たからには、治療を受けさせる算段までつけるつもりだった。

こちらの申し出に亜沙子は、虚《うつ》ろな目を窓の外へ向ける動作で応じただけだった。やはり言葉だけで説得するのは無理のようだ。

「これを見てもらえる？」

持参したセカンドバッグから取り出したものは地図だった。ここK市の中心部が二万五千分の一で記されている。テーブルに広げ、亜沙子に黄色の蛍光ペンを手渡した。

「内山さんは、このマンションから病院まで、どういうルートで通勤しているのかな。地図の上でなぞってみてほしいんだけど」

何のために？　訝《いぶか》るような表情を見せたのは一瞬だけだった。亜沙子はゆっくりとした動作で出発点に蛍光ペンの先を置いた。

野球のホームベースに似た五角形に「十」のマーク——病院を表す地図記号まで引かれた黄線の長さを目測したところ、地図上で言えば四キロほどだった。

ルートの形は「厂」の字に似ている。このマンションから北へ二キロ行き、交差点を右折し、東へ二キロ進めば、曽根川共済病院に至る。

上郷は、だいたい一キロ間隔になるよう、「厂」の道沿いに三つの地点を選び出し、その各々にボールペンで印をつけてから亜沙子を見据えた。

「これから、ちょっと付き合ってもらいたいんだけど」

「……どこへですか」

「いいから、ついて来て」

亜沙子を外に連れ出し、自分のカムリに乗せた。

亜沙子の通勤ルートである狭い県道を行く。幸い交通量は少なかったが、3ナンバーの大きな車体では、道路脇の電柱が迫るたびにブレーキペダルへ足をやらなければならなかった。

先ほど地図上でマークした三地点のうち、最初のポイントに着いた。そこは、県内にチェーン店を展開している寿司《すし》店が建っていた場所だった。

いまは空き店舗になっているその敷地に、カムリの車体を半分だけ入れるかたちでブレーキを踏み、エンジンも切った。

この寿司店が営業を止めたのは、半年ほど前に食中毒事件を起こしたからだ。【イクラから腸管出血性大腸菌を検出　六人が入院】。新聞の見出しはよく覚えている。店長が業務上過失傷害の容疑で逮捕されたことも。

被害者は全員、曽根川共済病院に運ばれてきたため、外科が専門である自分まで対応に追われた。そうした経緯があるから、ここは自分と無関係な場所ではない。

「これから……」亜沙子の薄暗い顔が、同じように薄暗い店舗に向けられた。「どうするんですか」

「噛《か》み締めてほしい」

「……何をです？」

訊《き》いてきた亜沙子の目は、錆《さび》の浮いた店の看板に向けられたままだった。

「自宅からこの場所まで来た、という事実をだよ。明日から二日間、内山さんは車を運転して、この場所までやって来る。そして、シートに座ったまま十分間、ただじっとしている。そうやってここまで到達したという事実を、胸に刻み付ける」

亜沙子が運転席の方へ目を戻した。顔全体に戸惑いの色を浮かべている彼女に向かって、車窓から見える風景をぐるりと手で示してやった。

「ここまで来たという証拠をおれに示してもらう必要もある。だから、このあたりの風景をカメラで撮って、画像データをこっちのパソコンか携帯に送ってほしい。それと同じことをもう二箇所でもやるんだ」

明日の五月二十一日と次の二十二日は、この第一ポイントまで来る。

五月二十三日と二十四日は第二ポイント。二十五日と二十六日は第三ポイントまで来てもらう。そうやってステップ・バイ・ステップで進んでいけば、五月二十七日には、どうにか病院にまでたどり着けるのではないか。

「やれそうかい？　約束してくれるね。明日から六日間、こっちに六通のメールを送るって」

返事を待たず、上郷は目を閉じてシートに身を沈めた。実際に十分間、ここに留まるつもりだった。

五分ほどしたころだろうか、

「まだ痛みますか」

亜沙子の声に目蓋《まぶた》を開いた。彼女の視線はこちらの左肘、正確に言えば半袖から覗いた医療用ガーゼに向けられていた。

「ちょっとね。——外科医を十年以上やってきたけれど、つい先日まで知らなかったことがあるんだ」

「……どんなことですか」

肘を曲げ、ガーゼを亜沙子の方へ突き出してやった。

「知ってる？　このなかに何が入っているか」

訊くまでもないことだった。新米とはいえ医者なのだ。医療用ガーゼの内部に造影糸が組み込まれていることなど百も承知しているはずだ。

「こういうガーゼをレントゲンで撮影すると、なかの糸が筋状の白い影になって写るんだけれど、たまにそれがアルファベットの形になっていることがあるんだよ」

亜沙子は軽く頬を緩めた。笑顔と言えるものを見せたのは、今日はこれが初めてだ。

「嘘だと思うだろ？　でも本当だよ。それに気づいてから、おれは不用になったレントゲン写真を調べまくった。AからZまで揃えてやろうと思ってね」

「揃ったんですか」

「ぜんぜん駄目だ。せめて自分のイニシャルぐらいは欲しいんだけどね」

「KとHですか。特に難しそうですね」

亜沙子の笑顔が消えないうちに、上郷は再びエンジンを始動させ、次のポイントに向かった。

先ほど地図上にマークした地点は三つとも、何らかの形で自分に関係のある場所にした。

二番目のポイントは、L字のちょうど曲がり角に相当する地点で、先日、出勤途中に大型バイクに接触された横断歩道。三つ目のポイントは、蒸気機関車の実物大レプリカが置いてある公園にした。そこは子供のころよく遊んだ場所だった。

4

わずかの休憩時間を捕まえ、スマートフォンを手にした。

亜沙子からは、画像を添付したメールが順調に届いていた。最初の着信があった五月二十一日から昨日の二十六日まで全部で六通。約束をきっちり守っている。だが――。

上郷は端末のディスプレイに、彼女が五通目と六通目に送ってよこした、つまり第三ポイントの様子を写した画像を表示させた。

どちらの画像も、機関車のある公園の風景ではなかった。

そこに写っているのは、火事のせいで真っ黒に煤《すす》けた倉庫だった。鉄骨プレハブ造り。平屋建て。焼け残った外壁に「ノーズ」か「フーズ」と読める文字が見えている。もし後者なら、保管されていたものは食料品ということになりそうだ。

そう思いながら地図で調べてみたところ、この倉庫がある場所は、自分が第三ポイントとして示した公園から五百メートルばかり南の地点だった。

まるで見当違いの方角だ。これでは病院に近づくどころか遠ざかってしまっている。付近の風景だったら何を写してもいい、と亜沙子には言ってあった。だが、彼女が送ってよこした画像は、二日連続でこの焼けた倉庫そのものだった。

休憩時間の残りを使って、古新聞の束を解《ほど》いてみることにした。そうして、この火災がいつごろ起きたのか調べているうちに、回診の時間が迫ってきたため、河原崎の病室には駆け足で向かう羽目になった。

息を整えながら聴診器を耳にかけたところ、河原崎が箱入りの分厚い本を毛布の上に載せていることに気づいた。表紙には『ポケット六法』とある。以前、彼の下についている検察事務官が見舞いに訪れた際に差し入れていったものだ。

箱から六法を取り出し表紙をポンと一つ叩くことで、河原崎は、さあどうぞ、の意を示した。さあどうぞ聴診器を当ててください、ではない。さあどうぞ喋ってください、だ。

「この前、八日市線沿いの倉庫が焼けたようです。ご存じでしたか」

「それは知りませんでした」

普段なら職業柄、地域のちょっとした事件でも見逃すことなどないのだろう。だが倉庫の火災は、ちょうど河原崎が職場で倒れてこの病院に担ぎ込まれたときに起きた事件だった。集中治療室のベッド上でチューブにつながれ呼吸マスクをつけられていては、新聞に目を通すこともろくにかなわない。

河原崎はいつかと同じように三回ほど連続でしゃっくりをしたあと「場所はどこですか」と訊いてきた。

毛布の上に指で簡単な地図を描き、教えてやった。倉庫がある位置から、北東へ一・五キロばかり進めばこの病院がある、という位置関係だった。

「焼けた倉庫は、現に使用されている建物ですか」

「菓子や缶詰を保管していた場所のようですから、おそらく普段から人の出入りはあったと思いますよ」

「じゃあ、現住建造物等放火罪ですね。刑法百八条。――『放火して、現に人が住居に使用し又は現に人がいる建造物、汽車、電車、艦船又は鉱坑を焼損した者は、死刑又は無期若しくは五年以上の懲役に処する』」

河原崎は淀《よど》みなく言い切り、もう一度ポケット六法の表紙を景気づけに軽く叩いたあと、慣れた手つきでページを繰った。真ん中あたりを開き、しばらくしてにやりとしてみせたのは、口にした条文が一言一句間違っていなかったからだろう。

「検事さんともなれば、放火の捜査に立ち会ったこともあるんでしょうね」

「もちろんありますよ。うちの業界では放火をアカと呼んだりします。それに、こんな言葉もあるんです。『コロシ三年アカ八年』」

「放火事件は殺人の捜査よりも難しい、ということですか」

「ええ。焼け残ったものを元の位置に戻したり、灰を丹念に掘り起こしたりで、大変な根気が必要なんです。ときには、燃えた残留物の臭いを嗅《か》いだりしないといけませんので、鼻の中まで真っ黒になりますよ」

「興味深い話です。ですが、新聞の報道だと、今回の事件は放火じゃなくて失火のようですね」

火災では怪我人が出ていた。倉庫の所有者らは防火対策の責任を問われ、業務上過失致傷罪で起訴された、と先ほど目にした記事にはあった。

「だったら……」

上郷が聴診器を河原崎の胸に当てると、肥満気味の検事は六法のページを指でぱらぱらと捲りながら独り言ちた。

「また二百十一条か」

六日前、第一ポイントから亜沙子が送ってきた最初の画像は、例の寿司店だった。その翌日に送信されてきた画像でも、彼女は被写体として同じ建物を選んでいた。

二枚ともアングルにすら変化はなかったが、それでも久々に患者との会話に使える材料を得たと思った。

――もう半年になりますけど、寿司のチェーン店で食中毒事件がありましたよね。

二回目の画像を受け取ってすぐ、河原崎の回診をした。その際、彼の望む世間話としてそう口にしてやったところ、思ったとおり太った検事はすぐに食いついてきた。

「ありましたね。食中毒事件が起きると、近くの病院は忙しくなるでしょうが、我々だってピリピリするんですよ」

「保健所だけでなく検事さんまで、そんな事件に関わったりするんですか」

「関わるのが普通です。特に、食べた直後に症状が出て嘔吐《おうと》したといったケースなんかは、食あたりというには展開が慌ただしすぎるでしょう。ですからそういう場合は、毒を用いた犯罪を疑わなければならないわけです」

河原崎は枕元にあったポケット六法に手を伸ばした。

「罪状は、刑法二百十一条の業務上過失致死傷等罪です。――『業務上必要な注意を怠り、よって人を死傷させた者は、五年以下の懲役若しくは禁錮《きんこ》又は』……」

その先については度忘れしてしまったのだろう。河原崎は、ポケット六法で確認したあと、何度も「百万円以下の罰金に処する。重大な過失により人を死傷させた者も、同様とする」などと繰り返していた――。

上郷は聴診器を河原崎の胸から離した。検事の心音は、入院直後の時期に比べたらだいぶ安定していた。

「ところで河原崎さん、これまで慎重に経過を観察してきましたが、脈搏《みゃくはく》も血圧もずっと安定しています。心拍数がまだやや少なめですが、このままいけば今月末には退院できそうですよ」

「あまりありがたくないですね」

「なぜです」

「偉そうに検事といっても、ヒラで宮仕えの身ですからね。けっして仕事は楽じゃありませんので」

「そう言わずに。いまのご気分はどうです」

「おかげさまで良好です」

言ったそばから、河原崎はまたしゃっくりをした。

「横隔膜が勝手に収縮を繰り返しているようですね。お大事に。しゃっくりの治療には保険が利きませんから、病院の世話になるよりは、お腹にカラシを塗るか、柿のヘタを煎《せん》じて飲むことをお勧めします」

一般病棟からスタッフルームに戻ったときには、もう午後三時になっていた。連日、亜沙子から画像が送られてくるのが、だいたいこの時間だ。

確認しようと、再び自分のスマートフォンを手にした。メールの受信画面を開く前に、だが思い返し、窓際まで行って外を見下ろした。

もし彼女の復帰が順調に進んでいるなら、今日は第四ポイント――この病院の正門まで来ているはずだった。

5

病院の廊下には、受付や外来各科への経路を、床面にカラーの線で標示してある。子供の頃、病院に来たときの楽しみは、この線が途切れる地点まで辿《たど》っていくことだった。そんな趣味のせいで、よく迷子になっていたように記憶している。

この案内線に関して、最近知った事実がある。赤の線を踏まないよう、慎重に避けて歩く人物がいるのだ。無意識の中で血を恐れているのかもしれない。

その人物――西本は、斜め前を歩きながら、

「その後、あの研修医はどんな具合ですか」

振り返ることなくそう訊いてきた。

「いきなり出勤しろと言っても抵抗があると考えました。ですから、段階を設け、少しずつこの

病院へ近づかせるようにしました」

西本には、最初に訪問した日の亜沙子の様子を伝えたあと、本院の精神科に通うよう説得するつもりであることも、包み隠さず伝えてあった。

「なるほど。脱感作療法《だつかんさ》というわけですか。——それで、治療の成果はどうです」

「うまくいっています」

三日前の五月二十七日、河原崎の病室から戻り、スタッフルームの窓際までいくと、正門の前に佇《たたず》む亜沙子の姿が見えた。

「けっこう」

西本と一緒に向かっているのは、河原崎の病室だった。今日は五月三十日。西本が部長回診を毎月の最終金曜日と定めたのは、「統計的に見て、その日が最も自分の気分がゆったりしているから」だという。医者が怖い顔をして患者を睨《にら》み付けていては、たしかに治る病気も治らない。

〝ゆったり〟のはずが駆け足に近い速さで外科病棟を回るのは毎度のことだから、いまさらどうこう言うつもりはなかった。河原崎の病室を訪れる予定は午後二時となっていたが、ドアの前に立ったのはそれより三十分ほど早い時刻だった。

「ここの河原崎さんですが」ドアの把手《とって》に手をかけ、それを開く前に西本の耳元へ口を寄せた。

「そろそろ退院していただいてもいいかと思いますが」

「それについては、わたしが判断します」

西本はわずかに顎を上げることで、早くドアを開けるよう促してきた。

「ご気分はいかがですか」

西本が声をかけても、ベッドに横たわる河原崎は返事をしなかった。

「起き上がれそうですか？」

この言葉には、眼球を西本の方へ向けただけだ。まだ口を開こうとする気配はない。

「無理ですか。具合が悪いんですね。胸が苦しいですか。話すのも難しいですか」

河原崎が猪首《いくび》に顎を埋《うず》めるようにして頷くと、さすがに狼狽《ろうばい》したか、西本は一歩ベッドから退いた。だが、その表情には安堵《あんど》の色が仄見《ほのみ》えた。再手術ができる。西本が内心で上げた歓喜の声がはっきりと聞こえたような気がした。

「すぐに検査をしましょう。レントゲン室へ移動してもらいます」

「お待ちください。その必要はないと思います。レントゲン写真でしたら――」

ここで上郷は、持参したクリアファイルから四つ切サイズの写真を一枚取り出し、

「もうここにありますので」

それを西本の前に差し出してやった。

「何だ、これ……は……」

掠《かす》れた語尾を飲み込むように、西本は一つ大きく喉《のど》を鳴らした。

「ですから、部長お望みの胸部X線写真です。河原崎さんの」

今朝、西本には相談せず、独断で撮影したものだった。

西本は写真を手にした。指先がかすかに震えていた。本当にあなたの胸部ですか。同意を求めるように西本は、写真を河原崎の方へ向けた。

「お言葉ですが、部長、河原崎さんにはあまり話しかけないでいただけますか。今朝から絶対安

静を言い渡してありますので。それから、ジギタリスは〇・二五ミリグラムで十分です。〇・四なら副作用のおそれがあります。もっとも、もう一度患者さんの胸を開く機会が欲しかったのなら別でしょうが」

河原崎がまたしゃっくりをした。

「とにかく、あまり負担をかけないように願います。危険ですから」

西本は額に前髪を張り付かせた。「……何が危険なんだ」

「これですよ」

西本が手にしている写真の一点を、上郷は指で示した。

残念ながらアルファベットのKにもHにもほど遠い形状ではあったが、心臓の隣にはたしかに筋状の白い影が写っていた。

6

【西本直守　平成＊年施行第＊回医師国家試験に合格したことを認証し、医師法により医師の免許を与える　よってこの証を交付する】

賞状の形をした医師免許証は、外科部長室を睥睨《へいげい》するかのように、入り口真上の高い位置に掲げられていた。

それを壁から外そうとして、だが、上郷はいったん手を止めた。

新任の外科部長が来るので、部屋の整理をまかされた。西本が退職するから、彼の私物を処分しておくように。そうたしかに院長から命じられはした。とはいうものの、医師免許のような大事なものを勝手に排除してしまうことが自分に許されるのか……。

ノックの音がした。手伝いを要請していた研修医が姿を見せた。

「さっそくだけど、そこにある腹筋ローラーを、処分用の箱に入れてくれないか」

研修医がその仕事を終えると、次の指示を出した。

「デスクの抽斗《ひきだし》にあるアルバムを処分してくれ」

その仕事が終わったあとは、西本が書いた研究論文を部屋からなくすように頼んだ。

三十分ほどかけて片付けを終え、その研修医――亜沙子に訊いた。

「ある人が胃潰瘍《かいよう》の手術を受けたあと、しゃっくりが止まらなくなった――こんなケースを耳にしたことはある？」

「あります」

「じゃあ、その原因を知っているかい」

「わたしが聞いた事例では、執刀医が体内に鉗子《かんし》を置き忘れたから、というのが理由でした」

そう。だから同じ症状を起こした河原崎を見て、考えたことは一瞬だけあった。もしや似た事態が起きているのでは、と。

西本が河原崎の手術に際して犯した、ガーゼの置き忘れという初歩的なミス。亜沙子だけはその事実に気づいたものの、西本から口止めされ、悩んだあげくうつ病を発症し、出勤拒否に陥った。

黙っていた亜沙子を責めることはできない。医師になったばかりの新米なのだ。上下関係が厳しいこの世界で、そう簡単に告発へと踏み切れるものではない。

だが結局、西本の罪を暴いたのは彼女だと言える。

寿司店、横断歩道、そして焼けた倉庫――亜沙子が撮影し送信してきた場所には、すべて共通点があった。いずれも業務上過失致傷罪で責任者が起訴された現場という共通点が。

この三点を通過する形で、亜沙子のマンションから病院までのルートを線で結ぶと「N」に似た形になるのも、ただの偶然とは思えない。彼女は、告発したい相手――西本のイニシャルを意識していたのではないか。

だから亜沙子は、機関車のある公園の代わりに焼けた倉庫へといったん寄り道をした。そうして自分の通るルートに意味を持たせることで、教育係の先輩医師に病院で何があったのかを何とか気づいてもらおうとしたのだろう。

健康器具、アルバム、研究論文と、重要度が低そうなものから高そうなものへと、ステップ・バイ・ステップで整理箱に入れるのに慣れさせてきたあと、最後に、もう一つ亜沙子に頼んだ。

「あれも外してもらえないかな」

院長から手渡されていた【正直な医療の五原則】が入った新しい額縁を手にしながら、上郷は入り口の真上を指差した。

西本の医師免許証を外したあとにできたスペースは、ちょうど縦三十センチ、横四十五センチほどだった。

彼岸の坂道

1

搬送されてきた患者は、ほとんど身動きをしていなかった。

友瀬《ともせ》逸朗《いつろう》は看護師の手を借り、ストレッチャーから患者を処置台に移した。心臓マッサージをするため、着ているブルゾンを脱がせる。

あらわになった両肩に、否《いや》が応でも目が吸い寄せられた。

患者は暴力団員。その情報はすでに救急隊員からの連絡で得ていたから、体に彫り物があるだろうことは十分に予想していた。だが、こうして間近で見る実物には、やはり気圧《けお》されてしまう。

図案は、右肩が般若《はんにゃ》で左肩が牡丹《ぼたん》だ。どちらも緻密《ちみつ》に描かれているが、牡丹の大部分には色がついておらず「筋彫り」と呼ばれる未完成の状態だった。

「彫り物をすると、自分の顔が彫った絵に似てくると言われるだろう」

友瀬は、傍らで処置をしている新米医師の鈴川《すずかわ》に声をかけた。

「初めて聞きました。本当ですか」

「さあどうかな。おれは嘘だと思うな」

少なくとも、この患者を見たかぎりでは。

患者の顔に視線を移した。輪郭は下膨れ。八の字の形に両端が下がった眉毛《まゆげ》。普段の人相は悪くないはずだ。近所にある豆腐店の主人が、ちょうどこんな顔をしている。いずれにしても般若とは似ても似つかない。

出入りの最中にドスでひと撫《な》でされたという脇腹の切創は、長さが二十センチもあるだろうか。患者の腹部が弱々しく上下するたびに、創部からは細かい泡がぶつぶつと吹き出している。

「人工呼吸器《レスピレーター》の準備だ。昇圧剤の点滴も頼む」

スタッフに指示を出しながら、友瀬は、隣のベッドの様子にも注意を向けた。

この刺青《いれずみ》男とほぼ同じタイミングで搬送されてきた老女。心臓発作で倒れた彼女に対する処置が、いま始まろうとしていた。

「マツダさん、マツダヨウコさんですね」

担当医の生原省吾《いくはらしょうご》が、意識のない患者の耳元に口を寄せ、執拗《しつよう》に、と言ってもいいくらい何度も呼びかけている。

「マツダヨウコさんに間違いありませんね」

かつて一度、患者の取り違えという重大な医療過誤に巻き込まれた経験があるため、生原には、患者本人の口から名前を聞き出そうとする癖がついている。

友瀬は刺青男に視線を戻した。

「こっちは何の誰それだ?」

フルネームで患者に呼びかける。それは、救急医療の現場において非常に大切な行為だ。ときに生死を左右することさえある。

「鈴川、読めたか」

新米は小さく首を振った。「すみません」

脱がせたブルゾンの裏地には、氏名らしき刺繡《ししゆう》があった。だが、ちょうどその部分がドスで切り裂かれているうえに、血でどす黒く染まってしまったため、判読できなかったようだ。

「くそっ」

思わず毒づいたとき、背後から肩を軽く叩《たた》かれた。

振り返らなくても、そこに立っているのが誰だか分かった。津嘉山徹《つかやまとおる》だ。

ここS総合病院の救命救急センターを率いる小柄な男は、ぐるりと処置台を回り込み、患者を挟んだ向こう側に立った。丸首のケーシージャケットよりも、ロング丈の白衣が似合うに違いない半白の顎鬚《あごひげ》は、今日もよく手入れされ、見事な光沢を放っている。

昨年妻を亡くして独り暮らしの身になったとはいえ、こうして外見には十分気を遣っているあたりも、彼が後進から尊敬を集める理由の一つに違いない。

そんな津嘉山は、オーケストラの指揮者を真似た手の仕草で、「落ち着きなさい」の意を伝えてきた。

手術の際に音楽を流す医師は珍しくない。以前は外科にいた津嘉山もその一人で、オペにあたっては必ずマーラーの『復活』をかけていたらしい。

両腕を後ろで組み、患者の顔を覗《のぞ》き込んでいた津嘉山は、

「友瀬くん、ここにボイスレコーダーはあったかな」

そんな問い掛けを、患者から視線を少しも外すことなく口にしてきた。

「ええ。備品のやつが一つあるはずですが……」

なぜそんなものが要るのか。よく分からないまま、とりあえず鈴川に持ってくるよう命じてから、友瀬は、はっとした。

よく見ると、患者の男はいま、苦悶《くもん》に顔を歪《ゆが》めながらも、唇を細かく動かしている。何か言おうとしているのだ。その言葉を、津嘉山は録音するつもりなのだろう。

よく気づくものだ。友瀬は津嘉山の横顔を、感嘆の思いで見やった。

――さすがは〝ドクター・ノーミス〟だな。

ベテランの医者は誰でも、小さな医療過誤の一件や二件、うっかりやらかしているものだ。しかし津嘉山の場合、ミスは皆無だった。そうした密《ひそ》かな輝かしい経歴は、鋭い注意力の賜物《たまもの》と言えそうだ。

鈴川から備品のボイスレコーダーを受け取った津嘉山は、それを男の口元に持っていき、録音のボタンを押した。

《ジムショ……ニワ……ヒトリ……ニシムカシタ……》

男の喉《のど》から絞り出された言葉は、そのように聞こえた。

2

いつもより二本早い通勤電車は、やけに混雑していた。

【ストレスが溜《た》まっているときは、大群衆の中に紛れ込んでみるとよい。一千人の中では一千分の一、一万人の中ならば一万分の一といった具合に、個の存在が稀薄《きはく》になる。そのため自我意識が消失し、深い安心感を得ることができるはずだ】

そんな記述が、ある心理学の本に載っていたのを覚えている。この理論は、残念ながら自分の場合には当てはまらないらしい。こうして改札口で横から割り込まれ、列の外にはじき出されては、逆立ちしてもリラックスなどできそうになかった。

キオスクでしらす弁当を買ってからコンコースを抜けた。

駅から県道を北へ向かうと、一つの交差点が見えてくる。交差点の中央には赤と緑のタイルが埋め込まれており、上空から見ればこの地域の特産品であるトマトの絵になっていた。

ここから職場であるS総合病院へ行く道は二つあった。一つは、この「トマト交差点」を真っ直ぐ北上するルート。県道は高台に向かってゆるくカーブを描いている。もう一つは右に曲がるルートだ。右折するとすぐに勾配《こうばい》二十パーセントの市道があり、これも高台の頂上まで続いていた。

一方、ここを左折すれば、行き着く先はY警察署の建物だ。先日目にした般若の彫り物が思い出された。救命救急センターには事件絡みの患者が搬送されてくることも多いため、Y署に足を運ぶ機会は少なくない。

友瀬はトマト交差点を右に折れ、急勾配の市道を上りはじめた。最近は運動不足のせいで、腹に必要以上の脂肪が溜まってきている。メタボリック症候群とやらで早死にしたくなければ、少々苦しくてもこちらのルートを使った方がよさそうだ。

この近所に住んでいる津嘉山などは、休みの日でも、夜の散歩として、この道を上り下りしていると言っていた。見習うべきだろう。

坂を半分まで上ったあたりで、道が大きく曲がっている。ガードレールの外側にはカーブミラーが設置されていた。

そこからさらに三十メートルほど行った地点には、ガードレールが途切れている場所があった。かつてＳ総合病院の入院患者が、散歩中にここから転落しかけたことがある。もちろん病院の事務方がすぐに市役所に危険性を訴えた。しかし、どういうわけかいまだに改善されてはいない。

崖《がけ》の下は、細い階段状の私道だ。車の通らない道だが、石畳でがっちりと舗装されている。高低差は十四、五メートルあるから、落ちればただの怪我では済まない。

救命救急センターのスタッフルームに入った。

いつもは早めに出勤する生原だが、今日は姿がなかった。ホワイトボードには、親類に不幸があったので半日の忌引きである旨が記入されている。出勤は午後十時からだ。

今日は津嘉山もオフだった。こうなるとセンター最年長の医師は自分だ。面倒が起きませんようにと祈るしかない。

今月担当した患者は、疾患が十二名。外傷が十六名。どれも処置、経過ともに良好だった。救えなかったのはあの暴力団の男だけだし、目立ったミスはゼロだ。自分では頑張った方だと思う。だが、扱った患者の数は、ほかの医師に比べて多くはない。

これに対し生原の方は、疾患が十七名。外傷が二十三名。担当した患者数は申し分ない。ただ一件、尿路感染と診断した患者が、その後の検査で実は腹部血管の塞栓《そくせん》症だったと判明した、という事例があった。

秋に退職する予定の津嘉山。彼のあとを継いで次にこの救命救急センター長に任命されるのは、自分か、それとも生原か、どちらなのか……。

こんなことをしている場合ではないと分かっているつもりだが、ついつい生原と自分の実績を比較してしまう。

——思わじと思うものを思うなり、か。

たしか、そんな道歌があったはずだ。後ろにもっと言葉が続いているはずだが、覚えていない。

自分の席に腰を下ろすと、向かいの席では鈴川が手帳を開いていた。その顔は、どこかにやついている。

おそらくいま見ている手帳には例えば、

【T＝1／I＝2】

のような文字と数字が書いてあるに違いない。要するにオッズだ。友瀬と生原のどちらが次のセンター長になるか、若手の連中が密かに賭《か》けに興じていることは知っていた。こちらのオッズが生原よりも常に低い、つまり勝つ確率が高いと見られていることも。

「それ、何て本だ？　面白そうだな。おれも書店で買ってくるから、その前にちょっと貸してくれよ」

下手な冗談を言いながら、鈴川に向かって手を伸ばしてやった。

慌てて手帳を閉じ、舌の一つでも出すのかと思ったが、鈴川は悪びれる素振りを微塵《みじん》も見せなかった。手帳こそ閉じはしたものの、薄笑いは顔に貼りつけたままだ。その顔で、こちらの手に渡してきたものがあった。備品のボイスレコーダーだった。

「昨日の晩、これ、警察から返ってきました」

「やっとか」

ボタンを操作し、暴力団員の男を処置した日付をモニター上に呼び出して、あのとき録音されたデータを再生してみた。

《ジムショ……ニワ……ヒトリ……ニシムカシタ……》

事務所。庭。一人。西向かした。

殺人のことを、アウトローの世界では「西を向かせる」と表現する場合があるらしい。

この告白に従って、男の所属する組の事務所に警察が入り庭を掘り返したところ、半ば白骨化した男性の遺体が見つかった。遺体は、男の所属する組と対立している組織の構成員であることが、間もなく判明した。

男は、息を引き取る間際、自分の犯した罪を自白したわけだ。津嘉山がボイスレコーダーを持ってくるように指示したのは、そのような告白があることを見越してのことだった。

息を引き取った男の顔からは苦悶の相が消え、ずいぶんと穏やかな表情になっていたのが忘れられない。

「人間ってのはな、死ぬ直前になって初めて、やっと真人間になるものなんだよ」

そう鈴川に教えてやった。もっとも、その言葉はかつて津嘉山から自分が教示されたものなのだが。

今日も患者が次から次へと搬送されてきたせいで、夕食にありつけたのは夜の十時を過ぎてからだった。

しらす弁当を開ける前に、冷蔵庫からポン酢を取り出した。

時間がたつと、しらすの甘さは苦味に変わってしまうが、ポン酢をかければ、その苦さがきれいに消える。これはセンターに伝わる秘伝らしいのだが、もしかしたら一般的にも常識となっていることかもしれない。

弁当を半分ほど胃袋におさめたとき、生原が出勤してきた。亡くなった親戚《しんせき》というのは遠縁だと聞いていたが、案外近しい間柄だったのか。今日の生原は体調が悪いようだ。いつもより顔色が良くない。

友瀬は生原の前で人差し指を一本立ててみせた。昔から、これが生原に何か質問をぶつけるときの合図だ。

「思わじと思うものを思うなり、の続きを当てられたら朝飯を奢《おご》ってやるよ」

「……何か言った?」

「道歌だよ。思わじと思うものを思うなり、ってのがあるだろう。その続き」

「思わじとだに、思わじやきみ」

そっけなく答え、生原は疲れたように自分の席に腰を下ろした。

軽く苦い物を感じた。

教養の点からいっても、選ばれるのは生原か……。

そんなことも考えながらライバルの顔に改めて目を向けてみる。

彼の方も、今回の後継者争いで神経が参っている。その点には、もちろん以前から気づいていた。今日の葬式で親類に会ってきたはずだから、いまはなおさらかもしれない。

父親は医療法人の理事。母は国立医療センターの看護師長。兄は県立病院の内科部長、弟は社会保険病院の検査部長だと聞いている。また、家族のみならずほかの親族にも、医療機関で管理職に就いている者が多いらしい。

となれば、おそらく家族間で出世争いのようなことをしているのではないか。だとしたら、いまだ「長」のつく地位にいない生原に、けっこうなプレッシャーがかかっていることは想像に難くない。

思い詰めてしまう性格であることは、これまでの付き合いで分かっているから、精神のバランスを崩したりしないか、いささか心配ではある。

救急隊からの重症患者の受け入れ要請を告げる電話、通称ホットラインが鳴ったのは、ちょうど弁当を食べ終えたときだった。

友瀬は左手で受話器を取り、右手にマーカーを握った。

通報の内容を、耳にしたそばから傍らのホワイトボードに書き出していく。

氏名は不詳。年齢は六十歳前後。性別は男性。傷病状態は高所より転落――。

受話器を置くなり、大声でスタッフに準備を指示すると、まずは看護師が数名、初療室に向かって駆け出した。点滴液を吊《つ》るすために天井から下がるバーに輸液をセットし、心電図計、脳波計やカウンターショックなど、処置に必要な準備を手早く整えていく。

その様子を横目で見ながら、友瀬は洗面器に水を張った。顔をつけ、十秒間じっと息を止める。

人間には本来、顔を水につけると脈搏《みゃくはく》が下がる「潜水反射」というメカニズムが備わっている。緊張感をほぐすには、これが最も手っ取り早い方法だ。

濡《ぬ》れたままの顔で、シューズの紐《ひも》を結び直した。きつくしておけばしておくほど素早い決断を下せるらしい。これもセンターに代々伝わる秘伝だった。こちらはおそらく一般には知られていないはずだ。

スウィングドアが開き、ストレッチャーを押した救急隊員が入ってきた。

そこに横たわる患者の顔を見て、友瀬は束の間、身動きができなかった。その顎には、丹念に切りそろえた光沢のある半白の鬚《ひげ》がたくわえられていたからだ。

3

情報によると、津嘉山は、高台下の石畳の私道で倒れていたらしい。散歩中、何者かに後ろから背中を押され、坂道の崖から転落したようだった。

頭部、頸部《けいぶ》、胸部、腹部、骨盤、四肢。処置台に乗った津嘉山の体には、すべての部位において外傷が見られた。呼吸は弱く、頬と耳朶《じだ》がチアノーゼを起こして紫色になっている。

津嘉山の命を救う——この大仕事を人に任せるわけにはいかない。幸い、と言ってはさすがに心が痛むが、生原は体調不良のようだから、もとよりここは脇に回ってもらうほかなかった。

友瀬は、処置台に覆い被《かぶ》さるような姿勢をとった。「センター長」ではなく「津嘉山徹さん」。一人の患者として名前を大声で呼んでやると、津嘉山は薄目を開けた。

「もう心配いりません。安心してください」

こちらの励ましに、津嘉山は低い呻《うめ》き声で応《こた》えたあと、右の肩を少し動かした。何かを訴えかけるかのような彼の視線と考え合わせれば、手招きをしたつもりに違いなかった。

友瀬は津嘉山の口元に耳を近づけた。

「わたしの……処置は……」

弱い息の下で津嘉山が途切れ途切れに言葉を発すると、一斉に場が静まり返った。使い捨てのメスを袋から出していた看護師も、生命維持管理装置の準備に追われていた臨床工学技士も、他のスタッフたちも、手の動きをぴたりと止めたせいだった。

「……生原くんに……頼みたい」

「分かりました」

動揺を隠せという方が無理だった。見事に上擦った声でそう返事をし、強張る頬だけはどうにかマスクの下に隠したまま、友瀬は斜め後ろに立つ生原を振り返った。

「いまの、聞こえたな」

生原の口から返事はなかった。口を半開きにして視線を泳がせているだけだ。その青白い顔に張り手を一発食らわせてやってから、友瀬は自分の頬も両手で叩いた。

「ほら、やろうぜ。指示をくれ」

何度か瞬《まばた》きを重ねたあと、ようやく頷《うなず》いた生原の顔には、薄く赤味が差し始めていた。

「まず胸部を切開する。空気が肺から漏れて胸腔《きょうくう》に貯留しているようだから、排気口を設けよう」

「了解」

他のスタッフたちも、はじかれたように再び動き出す。

「肋骨《ろっこつ》が折れているようだ。たぶん脾臓《ひぞう》が破裂しているので、左側から開腹して処置する。それから、万が一の場合に備えて脳低温療法を行なう。準備してくれ」

脳低温療法は、脳を冷やして神経細胞が死ぬのを防ぎ、脳死をくいとめる治療法だ。患者の血液を人工透析機と冷却機を使って循環させながら、通常の体温より二度から四度ほど下げた血液を送っていく。

やがて津嘉山の足が小刻みに動き始めた。現在の体温は三十四度。寒さのせいで震えが起きている。シバリングと呼ばれる現象だ。脳が筋肉を動かすことで必死に体温を上げようとしているのだ。

生原は、シバリングを抑えるために鎮静薬を投与するようスタッフに命じた。脳波は安定してきたが、呼吸は弱いままだ。状況は予断を許さない。

「ラジカセっ」

生原が次に発した言葉に、それを受けたスタッフが眉を上げた。

「はい？」

「ラジカセを持ってくるんだ。センター長の耳元に置いてくれ。音楽を聞かせる」

「曲はどれにしますか」

「マーラーだよ。何があっても『復活』させる」

4

それほど無理をしたつもりはなかったが、ふくらはぎの筋肉が軽く攣《つ》ったせいで、坂道を上ったばかりの地点で少し休まなければならなかった。

ワイシャツの上から腹部の贅肉《ぜいにく》をつまみ、その厚みに溜め息をついてから、再び歩を進める。

コンクリート舗装の路面には、丸形の滑り止めがいくつも刻印されていた。深さはわずかしかない溝でも、そこに爪先を引っ掛けるようにして上れば、太腿《ふともも》にかかる疲れもいくらかは軽減される。

カーブミラーのある場所まで来た。津嘉山が突き落とされた現場だ。

ミラーの支柱には、津嘉山の件を告知する立て看板が、細い針金で括《くく》りつけてあった。

【平成＊年八月二十五日、午後九時五十分頃、この場所で傷害事件が発生しました。事件を目撃された方は情報をお寄せください。　Y警察署　刑事捜査課】

ここから少し上ったところに、ガードレールが欠損している箇所がある。誰かを突き落とそうとする場合、そちらの場所を選んだ方が好都合だったはずだ。

にもかかわらず、ガードレールが邪魔をしているこの地点を、わざわざ犯行場所として選んだのはなぜだろう。

一つ考えられるのは、このカーブミラーで津嘉山と視線が合ってしまい、慌ててしまった、という理由だ。だとしたら、津嘉山も犯人の顔を見ているかもしれない……。

そんなことを考えながら、呼吸を整え、坂道をまた上っていく。

病院の玄関に到着したのは午前七時半だった。

――一時間早く出勤してほしい。

津嘉山からそう要請されたのは一昨日《おととい》のことだ。すぐに見当がついた。後継者の内内示と、それに関わる事務手続きのためだろう。

救命救急センターのスタッフルームに入り、それとなく生原の姿を探したが、今日も彼の姿は見えなかった。

ホワイトボードに目をやる。生原の予定欄は空白のままだ。

落ち着かないままスタッフルームで待っていると、車椅子に乗った津嘉山が入ってきた。甚兵衛《じんべえ》タイプの患者衣を着ているが、首にはスタッフＩＤを下げているから、事情を知らない人が見たら混乱するような恰好《かっこう》だ。

院内では電動車椅子の使用が禁止されている。ホイールに自分の手で動力を与えながら寄ってきた津嘉山は、小さく鼻歌を歌っていた。耳に馴染《なじ》みのないメロディだ。

「それは何という曲ですか」

「タイトルはまだないよ。目下のところ、鋭意作曲中だからね」

人間はまず耳からバランスを立て直していく、と言われている。この病院では、回復期の患者たちにはラジオ番組の聴取を勧めていた。各科のナースステーションではポータブル型のＣＤプレイヤーを無料で貸し出している。

「失礼だが、友瀬くんも浮かない顔をしているね」

内心を覗かれ、友瀬はうろたえた。

「音楽療法を試してみたらどうだ。処方箋《しょほうせん》を書いてあげようか。まずチャイコフスキーの交響曲第六番がいい。第一楽章を三分間だ。タイトルどおり『悲愴《ひそう》』な曲だから、これで沈んだ気持ちを増幅させる。それから、ブラームスのヴァイオリン協奏曲第三楽章の冒頭一分間。これで一気に気分を高揚させれば、少しは楽になるはずだ」

真剣に頷くふりをしながらも、後継者の話をいつ切り出されるか気が気でなかった。もっとも、結果は分かりきっている。

生原の処置で一命を取り留めた津嘉山が、どちらを高く評価するか。考えるまでもないことだ。

「すまないな」

津嘉山はまず早く出勤させたことを詫《わ》びた。

「きみはリハビリにも詳しかったね」

「ええ。まあ」

「では、わたしのリハビリを担当してくれないか。今朝だけ」

はあ、と間抜けな声で返事をすることしかできなかった。

この病院には歴《れっき》としたリハビリテーション科がある。普段はそちらに通っている津嘉山が、なぜそんなことを言い出したのか見当がつかないまま、スタッフルームから外に出た。

三つある診察室は、いまどれも空いていた。真ん中の部屋に入ると、津嘉山を車椅子からベッドに移らせ、横になってもらった。

「寝返りをうってみていただけますか。痛いところがあれば、おっしゃってください」

ベッドの上で体を捻《ひね》った津嘉山は、左胸に手を当てた。「ここだね」

「まさか、心臓ですか」

「いいや。臓は余計だ」

心だよ。通り魔の跋扈《ばっこ》する世の中を思うと胸が痛む。そんなことを本気とも冗談ともつかない口調で呟《つぶや》いたあと、津嘉山は肩を指差した。

「肉体的にというなら、一番痛むのはここだろうね。まるで腕が回せない」

「では下半身だけのストレッチ運動をしましょうか」

寝た姿勢で足の屈伸、蹴《け》り出しなどを、何度かやってもらった。

「そろそろ終わりにしますか」

「いや、まだだ。今度はわたしの部屋まで歩行訓練を手伝ってほしい」

「そんなにやったら疲れてしまいますよ」

津嘉山は笑った。「それが狙いさ」

「どういうことですか」

「いいから、まず行こう」

診察室を出た。午前八時半。シフト交替の時間が迫っていた。二十四時間の勤務を終えようとする当直の医師たちは時計を気にし始めている。

生原の姿はまだ見えない。

スタッフルームとは別に個室として設けられたセンター長室まで、車椅子を使わず、四脚杖《づえ》をつきながら歩行訓練をした。

津嘉山の机には書類が山積みになっていた。机の周りには論文のコピーや医学雑誌が乱雑に積み上げられている。新品の肌着や栄養ドリンクの瓶も散らかっていた。楯《たて》やメダル、賞状の類《たぐい》も、額に入れられるでもなく打ち捨ててあった。

何よりも日頃の仕事の凄《すさ》まじさが窺《うかが》い知れるのは、レンズ部分に患者の血が付着した老眼鏡だろうか。

「実は探しているものがあるんだが、ご覧の惨状でね。肩を動かせないのでは、片付けようにも手が出せない」

津嘉山が一点を指差した。そこには、自治体指定の六十リットル入りゴミ袋が準備してあった。

「分かりました。お手伝いさせていただきます」

「ものを捨てるコツを知っているかい。疲れたときにやることだよ。体がくたびれていると、性格も物ぐさになるだろう。要るのか要らないのか、じっくり吟味する気も起きないから、どんどんゴミ袋に放り込んでいけるわけだ」

なるほど、先ほど無理なリハビリを自分に課した理由はそれだったか。

友瀬はゴミ袋にばさっと空気を入れ膨らませた。

「それで、探しているものというのは何ですか」

「いずれ分かるよ」

津嘉山の指示に従って、机の周りにあるものを、次々とゴミ袋に放り込んでいった。

だいたい片付いたころ、音楽雑誌の下から出てきたものがあった。銀杏《いちょう》の葉を象《かたど》ったバッジ——病院章だ。救命救急センター長は看護部長に相当する職だから、銀杏の下には部長の地位を示す三本線が入っている。ケースはなく、剝《む》き出しの状態だ。

「あったか。それだよ、探していたものは。ありがとう」

失くさないよう、背広か白衣の襟につけておけばいいのに。そうは思ったが、自分も病院章をどこにしまったかまるで覚えていなかった。

「ここに入れておきますね」

机の袖《そで》、最上段の抽斗《ひきだし》が半分開いていて、小物用のトレイが覗いていたので、そこに置こうとした。

「そこじゃないよ。面倒だが、ここにつけてくれないか」

津嘉山は自分の着ている甚兵衛の襟部分に指を向けた。病院章を患者衣につける。聞いたことのない話だが、津嘉山のことだから何か思うところがあるのだろう。

「失礼します」

友瀬は津嘉山の前に立ち、腰を屈《かが》めた。

「いや、そうじゃないんだ。わたしが言っているのは、ここだよ」

津嘉山の指先は、こちらが着ているケーシーの襟に向いていた。

「……わたしが、これをつけるんですか」

「そう。次の部長会では、次期センター長としてきみを推薦するつもりだ」

指先に持った三本線入りの病院章が、急に重さを増したように感じられた。

「本当にわたしでいいんでしょうか。先生は生原を選ばれると思っていましたが」

津嘉山は、おや、という顔になった。

「まだ聞いていなかったのかい」

「何をでしょう?」

「生原くんのことだよ」津嘉山は目を伏せた。「彼は、退職するそうだ」

5

私物を詰め込めるだけ詰め込んだせいでパンパンになったビジネスバッグが一つ。同じく限界近くまで膨れ上がったナップザックが、これも一つ。そして各部署から贈られた花束が三つ。退職にあたって生原が持ち出す荷物はそれだけあったが、運動不足を解消するいい機会だからと、駅まではタクシーを使わずに歩くという。

そんな生原に、友瀬は申し出た。

「途中まで送らせてくれ」

ちょうど昼休みの時間だった。それに、現在のところ救命救急センターで処置を受けているのは、バイクで転倒し昏睡《こんすい》状態に陥った二十代の男性一人だけだから、人手は足りている。

ナップザックと花束は、同じく昼休み中の鈴川に持たせ、自分はビジネスバッグを担当し、勾配二十パーセントの坂道を下り始めた。

「センター長は本当に残念がっていたよ。もちろんおれも同感だ」

津嘉山が生原を熱心に慰留したことは聞いている。たぶん、自分は生原に嫉妬《しっと》しているのだろう。わたしを助けるのはきみだ。きみがわたしを救え。そんなふうに上司から指名されたら医者冥利《みょうり》に尽きるというものだ。

「若い連中のオッズは、たしかにおれが常に有利だった。なあ、鈴川」

今度こそ鈴川はぺこりと頭を下げ、恐縮する様子を見せた。

「だが、あれは単なる下馬評ってやつだ。本当は、センター長はそっちを買っていたんだから。おれなんかより、ずっとな」

「悪いと思っている。だけど、本当にもう疲れたんだ。しばらく休まなきゃ、いずれ自分が救急車で運ばれる羽目になりそうだ。冗談でなくね。――津嘉山先生には、十分に謝っておいたよ」

コンクリート舗装された道路から放射される熱が、靴のソールを通して足の裏に伝わってくる。フェーン現象のせいで、今日はいきなり気温が上がった。

友瀬は生原の前で人差し指を一本立ててみせた。

「三十五歳の男性。顔と手に熱傷、鼻毛が焦げ、口の中に煤《すす》がある。他は大丈夫」

「赤」生原は即答した。「鼻腔や喉に熱傷を負っていれば、進行性の気道閉塞のおそれがある」

「何の話ですか、いまのは」

後ろから訊《き》いてきた鈴川は、わずかに息を切らしながら花束を小脇に挟み、ナップザックを背負い直した。

「トリアージクイズだよ」

人物と症例を即興で想定し、それを治療の優先順位に従ってレベル分けしてみる練習だ。

赤は最緊急。重症の可能性ありだからすぐに診察、処置を要するグループ。

黄は準緊急。中程度の症状で、三十分から一時間以内に診察すべきグループ。

緑は非緊急。しばらく待たせておいても問題のないグループ。

といった具合に分類していくのだ。

昔、二人でこの坂道を一緒に上り下りしながら、訓練のために問題の出し合いをしたのだと教えてやった。

「四歳女児。直径一センチのビー玉を飲み込んでしまった。搬送されてきたときは、母親と会話ができた」

「緑。呼吸ができているなら、ほとんど問題ない」

「七十二歳の女性。最近、食事の後すぐに嘔吐《おうと》するようになった。少々立ちくらみあり。脈搏数百十。血圧百三十」

「黄色かな。脱水症状が怖いからなるべく早く診たほうがいいけれど、七十代の前半ならまだ体力もあるだろう。一、二時間ぐらい待合室にいてもらってもよさそうだ」

例のカーブミラーが見えてきた。警察が設置した立て看板はもう埃《ほこり》でだいぶ汚れている。

「これが最後の問題だ。四十五歳、男、救命救急センターの医師で、日々過労気味。近頃、同僚に去られることになり茫然《ぼうぜん》自失」

生原は弱く笑った。

「黄色……。いや、緑で十分だな。カップ酒の一杯でもひっかければすぐに治るはずだ。何なら処方箋を書こうか」

「じゃあ、この辺で」

カーブミラーの真下で友瀬は立ち止まった。

鈴川が生原にナップザックを返した。案外涙もろいところがあるらしく、歯を食いしばっている。

友瀬もビジネスバッグを返してやった。

「本当に駅まで歩いていけるか」

ここから見れば、坂道を下りた場所にあるトマトの模様がよく見える。あの交差点を左折して県道を南下していけば駅へ出る。曲がらずに真っ直ぐ西へ進めば警察署の建物に突き当たる。

「ああ。大丈夫だ。助かったよ。後でメールする」

軽く手を挙げ、生原は膨らんだナップザックをこちらに向けた。

去っていく後姿に向かって小さく手を振り、別れの合図を送りながら、友瀬は呟いた。

「本当に残念だよ」

津嘉山を突き落とした犯人は、生原とみて間違いないだろう。

かつて患者取り違えの案件に巻き込まれ、今月になってまた一件誤診をしてしまった。そうなると、なるほど生原にしてみれば、ほかの医師ならともかく、〝ノーミス〟の津嘉山が自分を後継者に指名する確率は、かなり低いものに感じられるはずだ。普段から、親族による強いプレッシャーを受けていた身だ、津嘉山さえいなければ——そんな気になったとしても無理はないように思う。

小さくなっていくナップザックを目で追ったまま、友瀬は背後にいる鈴川に向かって言った。

「例えば一人の医者がいるとする。彼は、自分にとって都合が悪い相手を殺そうとした。本当に都合が悪いのではなく、悪いと思い込んでしまった相手を、だ。だがその被害者は死ぬには至らず、怪我人として医者のもとに運ばれてきた。医者は、やろうと思えば、今度こそ何らかの方法でとどめを刺すことができた。しかし、結局は命を救う道を選んだ。——そんなケースが実際にあると思うか」

何を訊かれたのか理解できなかったのだろう、鈴川は束の間、ぽかんとした表情を見せた。そのあと、眉根を寄せ、視線を地面に落とし、声を出さずに唇だけをかすかに動かして、いまの質問を反芻《はんすう》し始めた。

やがて、それが自らの先輩と上司についての話であることを理解したらしく、彼は目を見開いて顔を上げた。

「あるでしょうね」

鈴川の返事はそうだった。

「一度でも人を殺《あや》めようとしたのなら、医者としては死んだ、ということです。でも、彼は死ぬ間際に真人間になったんですよ」

「……なるほどな」

おそらく津嘉山もまた、突き落とされる寸前に、カーブミラーのなかに犯人の姿を見ていたと思われる。彼が、自分を突き落とした人物が誰なのかを知っていながら、あえてその相手を担当医に指名したのも、真人間に変わってほしいと念じたからこそだったのか……。

坂道を下りきった生原の背中は、青信号の横断歩道を渡ったあと、トマトの描かれた交差点を南へ曲がることなく、真っ直ぐ西の方角へと進んで行った。

小さな約束

1

自宅に帰り着いても、すぐにはドアを開けなかった。

手にしていた白い手提げ袋をノブに引っ掛け、玄関横の壁に背中を預ける。そして上着の懐からマイルドセブンの箱を取り出し、ライターで火を点《つ》けた。

最初の煙を吐き出したあと、自分の姿が門の方からは丸見えであることに思い至った。

パトロールの警官から職務質問をされても馬鹿らしい。卒配されたばかりの新人巡査の中には、まだこっちの顔を知らない者もいるだろう。

きみと同じN署地域課の警察官だよ。そう説明している自分の姿を想像したところで、笑う気にはなれなかった。

できるだけ往来から死角になるよう、玄関ポーチの柱に身を隠す。そうして一本を吸い終え、ようやく浅丘秀通《あさおかひでみち》は、手提げ袋をノブから外し、玄関のドアを開けた。

「ただいま」

廊下の明かりが点いていたので、上がり口からリビングの方へ声をかけたが、実鈴《みすず》から返事はなかった。代わりにデジタル式の腕時計が、ピッと短い信号音で午後十時になったことを告げてくる。

もう一度同じ言葉を口にしながら、リビングのドアを押した。

姉はそこにいた。長ソファの背凭《せもた》れに沿って片腕を伸ばし、頭を預けている。目蓋《まぶた》は閉じられていた。

眠っているのかもしれない。浅丘は白い紙袋にそっと手を入れた。中から箱を取り出し、静かにテーブルの上に置く。

「……ごめん」

薄く目を開けた実鈴の口から、溜《た》め息交じりの細い声が漏れた。おかえり、の返事をしなかったことを詫《わ》びたようだ。

「いいって。そんなことより、調子はどうなの」

答える代わりに、実鈴は苦しそうな表情で上半身を捻《ひね》った。ただ座っているだけでも疲れてしょうがないらしい。自分で自分の体をもてあましている。そんな感じだ。軽い吐き気がするとの理由で休みを取っている最中だが、二日間家で安静にしていても、具合は悪化する一方のようだった。

「ベッドで横になっている方がいいんじゃないか？」

「昼間寝すぎちゃったからね。体を起こしている方が楽。――ねえ、今日はどんな仕事をしてきた？」

「……やりきれない仕事」

午後、巡回連絡で、ある民家に立ち寄ったところ、玄関ドアに【ご迷惑をおかけします】との張り紙があった。二階にある寝室のドアノブに紐《ひも》をかけ、尻餅《しりもち》をつくような恰好《かっこう》で縊死《いし》していたのは、二十代の男性だった。

【わたしの肝臓を母に使ってください】足元に置いてあった遺書にはそう書かれていた。臨場した嘱託医は苦い顔で、こう繰り返し呟《つぶや》いていた。「無駄死にだ、無駄死にだよ……」

男性の母親が、重い肝硬変で入院していることは、近所の住人から知らされた。自殺者からその親族への臓器移植が厚労省のガイドラインで禁止されていることは、嘱託医から教えられた。それが「無駄死に」の本当の意味だったようだ。

浅丘はカーペットに膝《ひざ》をつき、テーブルの箱を開けた。

箱の中からウォーキングシューズを取り出し、実鈴の前に掲げてみせた。

「これ、似合うといいんだけど」

「ありがと」

腕を伸ばしてきた実鈴に靴を手渡した。

「素敵なデザインだね。あんたにしちゃ上出来だよ」

姉の体調を考えたら、この先しばらく室内で喫煙はできないだろう。浅丘は、テーブルの上に出したままになっていた灰皿を片付けようとした。その手を途中で止めたのは、靴を一通り眺め回した姉の表情が、きっと引き締まったことに気づいたからだった。

来るか――。

身構えると同時に、実鈴は銃で狙いをつけるようにウォーキングシューズの爪先をこっちに向けてきた。

「質問その一。この靴の材質は何か」

分からない。店頭で留意したのは色と履き心地だけだ。そこまでは調べてこなかった。

「レザー……かな」

「はずれ」

浅丘は頭に手をやった。まる一日の交番勤務。制帽を被《かぶ》り続けた髪は蒸れている。

「じゃあ、ナイロン？」

「それも違う。ヒント。防水性よし通気性よしの多孔質フィルム」

「ゴアテックスか」

「正解、やっとね。修業が足りない」

刑事は靴に詳しくないと駄目。姉の持論は、これまで何度か聞かされていた。

「質問その二」今度はシューズのソール部分をこっちに向けてくる。「犯行現場の遺留足跡から分かる犯人の特徴を挙げよ」

「まず体格だろ。あと性別、人数。それから……侵入経路」

「ほかには」

頭の中で答えを探しながら、何気なく一方の壁に首を捻ったところ、目に入ったのは、姉弟の間で伝言板として使っているホワイトボードだった。『医療法人K病院』の文字に続いて、その病院の住所と代表の電話番号がメモしてある。

――もしわたしが急に倒れたりしたら、ここへ入院させて。

三日ほど前に、そんな言葉とともに姉が書いた文字は、見事なバランスを保っている。昔はこれほど上手ではなかった。調書を取るとき容疑者に舐《な》められないよう、刑事は達筆でなければならない、とよく言われる。その教えを忠実に守り、暇を見つけては練習に励んだ成果だ。

　ホワイトボードに目をやったまましばらく考えたが、答えは頭に浮かばなかった。

「しっかりしなって。犯人の職業でしょ。——そんな調子じゃあ、もし赤紙をもらえても、すぐにまた交番に戻されるよ」

　自分が所属するN署では、刑事課への推薦状に、なぜか赤い色の紙が使われている。

「分かったから、まずはそれ、履いてみなって」

　何度目かの見合いの末、三十九歳の実鈴がついに婚約をした。相手は県庁職員の小原《おばら》という男だった。すでに小原からはダイヤのエンゲージリングを受け取っていた。実鈴の方からはエテルナの腕時計を贈ってやったらしい。

　この靴は、祝いの品として買ったものだった。ウォーキングシューズになったのは実鈴の希望による。こっちとしては洒落《しゃれ》たパンプスを買ってやりたかったのだが。

　靴紐を解《ほど》き、実鈴がシューズの片方に右の爪先を入れた。人差し指を踵部《しょうぶ》に添え、足を滑り込ませようとする。だが、すんなりとは入らなかった。

「これがあるよ」

　店でサービスされた小型の靴べらを渡してやったものの、それを使っても履くことができなかった。

「姉さんの足って、二十三・五センチだよね」

「そう」

だったらサイズに間違いはない。

「靴下のせいかな。足をこっちに伸ばして」

実鈴が爪先を向けてきた。穿《は》いているソックスを脱がせてやる。

あらわになった足を見て目を疑った。蜂にでも刺されたのか。そう疑ってしまいそうになるほど膨れ上がっている。一日中立ち仕事をしていたというのなら分かるが、今日はずっと横になっていたはずだ。なのに、どうしてこんなに浮腫《むく》んでいるのだろう……。

「大丈夫。ちょっと待ってて。マッサージしてみるから」

胡坐《あぐら》をかく要領で、右足を抱え込もうとしたらしい。実鈴は腕を伸ばしながら、体をやや前屈《まえかが》みにした。

その上半身が予想以上に傾《かし》いだ。かと思うと、彼女は頭の方からカーペットの上に倒れ込んでいた。

2

面会が許されている時間より早く着いてしまったので、K病院の駐車場を一回りしてみることにした。

いま停まっている車は、ざっと数えて百台ほどか。ボディに傷はないか、フロントガラスが割れていないか、タイヤの種類はどうか、といった点をざっと調べていった。

やがて浅丘は一台のセダンに目を留めた。しゃがみ込んで車体前部に目を近づける。

【安全運転宣言車】。そんなステッカーが貼られたバンパーが、傷ついて凹《へこ》んでいた。

さらに目を凝らし、傷の付近にケブラーらしき繊維が付着していないか調べてみたが、泥砂以外の微物を認めることはできなかった。

とはいえ、一応あたってみた方がいいだろう。

メモ帳にナンバーを控えてから、病院の建物に入った。案内カウンターに向かう。

「すみませんが、この車の持ち主を呼び出してもらえませんか」

係の女性に警察手帳を提示し、いま控えてきたナンバーを告げた。

車の所有者が現れるまで、そばにあったソファに座っていることにする。

目の前にある待合室の掲示板は、多くの張り紙で埋め尽くされていた。診療時間を変更します。看護師を募集します。公開カンファレンスの日程は次のとおりです……。様々な告知がなされている中で、特に目を惹《ひ》いたのは一枚のポスターだった。

【臓器移植法一部改正のお知らせ　二〇一〇年一月十七日から親族への優先提供制度が始まりました】

先日自殺した若い男性のことが、自然と思い出された。

現場で嘱託医から教えられたとおり、ポスターには『親族提供を目的とした自殺を防ぐため、自殺者から親族への優先提供は行なわれません』と書いてある。この一文を目にする機会さえあったら、あの青年が命を落とすこともなかったのではないか。

それはともかく、このポスターが気になったのは、図柄が指輪だったからだ。石は赤い瑪瑙《めのう》で、それを押さえている爪は丸みを帯びた優しいデザインをしている。瑪瑙は八月の、つまり実鈴の誕生石だ。

——指輪か……。

気が重くなった。今日は姉に悪い報《しら》せを伝えなければならない。

そこへ車の持ち主がやってきた。五十年配の肥満した男だった。

「バンパーに傷がありましたが、あれはどういう経緯《いきさつ》でついたのでしょうか」

浅丘が身分を告げてから訊《き》いてみたところ、男は照れくさそうに鼻の頭を掻《か》いた。

「自宅前に側溝があるんだよ。そこで脱輪しちまってさ。角材をバンパーの下に入れて持ち上げたら、ああなっちゃったんだよね」

その答えは、自分の見立てと一致していた。

「分かりました。どうもお騒がせしました」

礼を言い引き取ってもらったときには、面会が許される時間になっていた。

泌尿器科の病室は五階にあった。実鈴の病室は五一三号室と聞いていた。

実鈴が倒れたのは一昨昨日《さきおととい》、十一月十五日の土曜日だった。一一九番に通報したときはさすがに慌てていたが、駆けつけた救急隊員に、医療法人K病院へ向かうよう依頼することは忘れなかった。

病床に空きがあったのは幸運だった。それにしても、なぜこの病院でなければならないのか。ホワイトボードに実鈴があのメモを書いたとき、もちろん訊《たず》ねてみた。「教えない」。返ってきた答えはそれだけだった。

「こんちは」

スライド式のドアを開けて入ってみると、そこは狭いが清潔な個室だった。

実鈴はベッドに上半身を起こし、本を手にしていた。表紙には『交通事件捜査の実務捜査提要』とある。こんなときでも仕事が頭を離れないらしい。

病気休暇を取る直前まで姉が担当していたのは、ある轢《ひ》き逃げ事件の捜査だった。死亡した被害者は四十五歳の男性。三児の父親だった。男性は事件当時、ケブラーという繊維でできたジャケットを着ていた。

実鈴は本を閉じた。「いらっしゃい」

「昨日はごめん」

見舞い客用のスツールを引き寄せながら、浅丘は頭を下げた。

昨日の月曜日になってから面会が許可されていたが、こっちは新人の地域課職員を指導する仕事を任されていたため、どうしても年休を取ることができなかった。

「気にしないで。今日は非番なの？」

「いや、夕方から出なきゃいけない」

すでに職場の同僚が見舞いに来たらしい。壁には千羽鶴がかけてあった。短冊に書かれた【祈・早期復帰！】の文字は極端な右上がりだから、刑事課長である谷口《たにぐち》の手によるものだとすぐに分かった。

鶴の色は白と黒の二種類だった。普通、千羽鶴に黒い折り紙は使わないはずだ。警察らしさを出そうと、無理な茶目っ気を発揮した者がいたようだ。そのあたりがいかにも刑事課らしい。

「これ、まだ入らないかな」

持参したバッグから、例のウォーキングシューズを取り出した。

実鈴が体調不良に陥った原因は腎臓《じんぞう》にあった。自宅で倒れた晩、救急車でここへ運ばれ、すぐに人工透析を受けた。もう少し処置が遅れていたら命に関わるところだったようだ。

腎臓の働きが悪いと体内に老廃物が溜まったままになるので、手足に浮腫みが生じる。履けなかったのも道理だ。あれから何度か透析を受けたはずだから、少しは症状が改善されていると思うのだが……。

「その前に質問」

実鈴は再び、シューズの底をこっちに向けてきた。

「右側ソールの先端部分だけが集中的に摩《す》り減っている場合は、どんな人物像が類推されるか」

「スポーツをしている人かな。サッカー選手とか？」

「違う」

「じゃあ……」

ほかの答えが、すぐには見つからなかった。

「運転手ではありませんか」

背後で声がした。振り向くと、病室の入り口に白衣を着た男が立っていた。

「ブレーキやアクセルのペダルを、長い時間踏むことの多い職業の人だと思いますが」

そう言葉を続けながら男が室内に入ってきた。上背があった。百八十センチを超えているか。身長のせいで首にかけた聴診器が小さく感じられる。彼が姉の主治医らしい。

「姉がお世話になっています」浅丘はスツールから立ち上がった。「弟の浅丘秀通といいます」

「貞森と申します」

名乗った声には深みがあった。下の名前が「慈明」であることは、白衣につけたネームプレートから知れた。

ところで「運転手」との答えは合っているのか。実鈴の顔を見やり、彼女の唇が「正解」の形に動いたのを確認してから、浅丘は貞森の方へ顔を戻した。

歳は三十二、三といったところだろう。自分より一つか二つ上だと思う。鼻梁《びりよう》が高く、多忙のせいなのか、締まった頰に薄《うつ》すらと髯《ひげ》をはやしているが、だらしがないという印象は少しも抱かせなかった。

「先生、よくご存じでしたね」

「以前わたしが診察した患者に、右足の親指に大きなマメのある人がいたんです。彼の職業が長距離トラックのドライバーでしたのでね。——浅丘さん、調子はどうですか」

「昨晩まで背中が痛みましたが、今日は少し楽になりました」

「姉の病状は、どんな具合なんですか」

「結論から言えば腎不全です。腎臓の糸球体《しきゆうたい》に炎症が起きています。尿に混じるタンパクの量が一日あたり四グラムにもなっていますから、症状はけっして軽くはありません」

「でも、いずれは完治しますよね」

「もちろんですよ」

貞森はてきぱきとした動作で実鈴の脈をとり、薬を飲ませ終えた。

「あと十五分したらまた来ます」

そう言い置いて貞森が病室から出ていくと、実鈴が毛布の下から片足を出した。

「履かせてみて」

姉の爪先をシューズの中に入れてみたところ、どうしてもいまだに踵《かかと》がはみ出てしまう状態だった。

「忙しいんでしょ。もう帰っていいよ」

いや。まだ肝心の用事が残っている。

「姉さん、これ」

エテルナの腕時計を実鈴に渡した。昨日になって、婚約者だった小原から返送されてきたものだった。

「あ、そう」

実鈴は何事もなかったように受け取り、代わりに自分が小原からもらっていたダイヤの指輪を放り投げてきた。

「じゃあ、これも送り返しておいて」

「……了解」

拍子抜けしてしまった。実鈴は小原を気に入っていたようだから、さぞがっかりするだろうと思っていたのだが。

腰を上げようとしたとき、病室の壁に一枚の風景画が掛かっているのに気づいた。

険しい岩場と高い波を一目見て、どこを描いたものかはすぐに分かった。釣りの穴場として知る人ぞ知るN海岸だ。

沖にできた砂の山と、一部だけ濁った水。N海岸でよく発生する離岸流の特徴がきっちりと描き込まれている。

絵画の隅には、SADAMORIとの署名が書き添えてあった。もしかしたら貞森も釣りが好きなのかもしれない。だったらこっちと話が合いそうだ。

十五分後に、その貞森がまた姿を見せた。だが何も言わず、ただ笑顔だけを残して去っていった。

「何しに来たの？　いま」

「さあね。いつもあんな調子だよ」

貞森は、小さな約束をしては、それを守ってみせるのだという。

「まったく変な医者でしょ」

実鈴は布団を被ってベッドに潜り込んだ。その際、彼女の顔が赤らんでいたのを、浅丘は見逃さなかった。

なるほど、小原との縁談が壊れても姉が少しも落胆しなかったのはこういうわけか……。

合点しつつ浅丘は病室を出た。貞森を追いかけ廊下を走る。

「いずれは完治しますよね」

貞森の背中に向かって、同じ質問を繰り返した。なぜなら先ほど、

――もちろんですよ。

その答えを貞森が口にした際、さりげなく視線を逸《そ》らしたからだ。相手の微妙な仕草が気になってしょうがないのは、仕事で職務質問を重ねるうちに身についた性癖だ。

「秀通さん」振り返った貞森の顔は、案の定、強張《こわば》っていた。「包み隠さず申し上げます。残念ですが、人間の糸球体に再生能力はありません。一度破壊されれば、もうけっして元には戻らないんです。薬や外科手術で治すことも不可能です」

説明する貞森の一語一語に打ちのめされ、しまいにはふらつきそうになっていた。

「……だったら、この先ずっと人工透析を受けないといけないんですか」

「いいえ。完治できないことはありません。腎移植という方法があります。手術自体は難しくありません。ただし、ドナーが簡単に見つかるかというと、そうはいかないんです」

「じゃあ、どうすれば……」

「どうしようもありません。たとえ適合するドナーが現れたとしても、今度は順位という問題があります。以前から移植ネットワークに登録している人を、つまり待ち時間の長い患者さんを優先せざるをえないんです」

要するに、姉が完治する見込みは当分ない、ということだ。

人間の腎臓はどのあたりにあるか分からなかったが、この辺だろうと見当をつけ、臍《へそ》の真横あたりに手をやり、浅丘は貞森に詰め寄った。

「ぼくのを、姉に使ってもらえませんか」

貞森は一歩後ろに退いた。

「秀通さん、よく聞いてください。人間の白血球には組織適合性抗原というものが含まれていいます。英語でヒューマン・ルーカサイト・アンチジェン。略してＨＬＡです。臓器移植は、このＨＬＡの型が同じ人の間でしかできないんです」

「どれぐらいの確率で一致するものなんですか？　それは。兄弟とか姉妹なら、百パーセント大丈夫なんですよね」

「いいえ。それは一卵性双生児の場合だけです」

「じゃあ、普通の姉弟《きょうだい》だったら？」

「二十五パーセントに過ぎません」

3

三日後、再び見舞いに訪れた浅丘は、壁に掛かっていた千羽鶴を手にした。

「これ、ちょい借りるよ」

折り鶴の連なりは六本あった。同じ数の通し糸が、一箇所で結ばれている。その結び目を解いて六本を独立させてから、鶴の束を両手で握った。

「上の方に六本の糸が出ているだろ。これを二本ずつ結んでみて」

「何をさせる気？」

「いいからさ。とにかくやってみて」

実鈴の浮腫んだ指が三つの結び目を作った。

「下の方も同じようにしてよ」

浅丘は千羽鶴を持った両手の位置を少し上げてやった。彼女の指が、最下段の鶴の腹から通し糸を引っ張り出し、さっきと同じように三箇所で縛ると、上下にそれぞれ三つずつの結び目ができた。

「さて姉さん、結び合わされた鶴が、もしも一つの輪になっていたら、どうなると思う」

「別にどうにもならないでしょ。ただのつまらない偶然が起きた、ってだけじゃない」

「違うな。これは結婚占いなんだ。輪ができていたら、結んだ女性は一年以内に誰かと結ばれる、ってことになっている」

「本当？」

「ああ。ちゃんとした本に載っていたんだから間違いない。確率的にいうと、十五回に八回の割合で輪ができるんだってさ。――婚約指輪はダイヤでもいいけれど、結婚指輪は誕生石にしたいって言ってたよな、たしか」

「その手をさっさとどけて」

「待った。姉さん、おれと約束してほしい。もし輪が出来上がっていたら、すぐに貞森先生にアプローチするって。神様が応援してくれているということだから、いまがチャンスだ」

――あの先生が気に入ったんだったら、早く仕掛けた方がいい。もたもたしていると誰かに取られる。

すでに最初の見舞いの際、帰り際にそうけしかけてあった。さらに今日は、一つのアイテムを準備してある。市役所の窓口からもらってきた一枚の用紙だ。

最初実鈴は、その書類を前にしても、なかなかボールペンを手にしようとはしなかった。弟である自分が見ている前では、どうにも照れくさくてしょうがないようだった。彼女に署名捺印《なついん》してもらうには、煙草を買いに行くとの口実で、いったん外出しなければならなかった。

「……分かったよ」

その返事で、一つはっきりしたことがある。

こうまで短期間のうちに求婚の意思を固めたということは、まず間違いなく、以前から姉は貞森を知っていたのだろう。小原との縁談がまとまりはしたが、心の底では貞森の方に惹かれ続けていたのではないか。万が一の入院先としてK病院を指定したのも、そこに想いを寄せる相手がいるからというわけだ。

鶴を束ねていた手を開くと、ありがたいことに輪ができていた。もしこれが失敗に終わっていたら、もたもたしている実鈴を焚《た》きつけるのに、また別の方法を考えなければならなかったところだが、その手間が省けたのは幸いだ。

その直後、病室のドアがノックされ、貞森が入ってきたため、残念ながら姉の表情をじっくりと観察する暇がなかった。

「先生とわたしの相性って」何事もなかったかのような顔で実鈴は貞森に言った。「どうだと思いますか。いい方だと思います？　それとも悪い方だと？」

「最高ですよ。これ以上はないほど」

その返事に、浅丘は実鈴と顔を見合わせた。

「実鈴さんのＨＬＡは、わたしと同じ型です。赤の他人同士で合致する確率は何千人に一人という割合ですから、これは奇跡と言ってもいい。おそらく家系がどこかでつながっているんでしょうね」

結局、そんな医者らしい答えではぐらかされると、実鈴は意を決した顔になった。

「今回の約束は、わたしの方から提案してもいいですか。今日の診察が終わったら、ぜひ守ってほしいことがあるんですけど」

「どんなことですか」

「これに名前を書いて、ハンコも押して、持ってきてほしいんです」

実鈴は準備していた書類――婚姻届――を貞森の前に出してみせた。

半ば冗談、半ば本気の攻めに、貞森はさすがにたじろぐ様子を見せたが、結局は頭を掻きながら書類を受け取った。

「浅丘さん、あなたが捜査していた轢き逃げ事件ですが、近いうちに犯人が判明するような気がします。わたしの勘は、けっこう当たるんです」

小さく笑って、貞森は病室を後にした。

一拍置いてから、先日もそうしたように、浅丘はまた貞森の背中を追いかけた。

「先生、結果は出ましたか」

自分のＨＬＡが実鈴のそれと一致するかどうか、貞森に調べてもらっている最中だった。

「まだです。まあ、あと三、四日ぐらいで判明するでしょうから、もう少し辛抱してください」

「分かりました」

頷きながら、浅丘は懐に手を入れた。そこから取り出したのは、焦茶色をした革製のＩＤ――警察手帳だった。

「先生、これが普通の手帳です。でも、姉のはちょっと違います」

手帳の表紙に、浅丘は、爪の先で斜めに薄く傷をつけてみせた。

「こうなっているんです」

それだけで、勘のいい貞森には、こっちが何を言いたいかが伝わったはずだった。

手帳の傷は、かつて実鈴が、ナイフを持った窃盗犯を逮捕しようとして切られたものだった。

犯罪者を相手にする危ない仕事だ。長く続けていれば、いずれ、切られるものは手帳では済まなくなるだろう。

実鈴には刑事を辞める気などさらさらないようだが、弟としては心配でしょうがない。彼女には早く別の課に移ってほしい。結婚すれば本人の気持ちも変わるはずだ。そのためにも、姉の気持ちを汲《く》んでやってほしかった。

「……すみません」浅丘は唇を噛《か》みながら手帳をしまった。「つい、脅迫するような真似をしてしまって」

「気にしないでください」

「このあとも、先生は患者さんのところを回って歩かれるんですか」

「いいえ、嬉《うれ》しいことに今日は昼休みをきちんと取れそうです。ちょっと食堂で腹ごしらえをしてきますよ。どうでしょう、秀通さん。よかったら一緒に食べませんか」

「喜んで」

貞森と並んで病院の食堂に入った。

浅丘は天ぷらうどんを、貞森は牛レバー定食にほうれん草とひじきの和え物をトレイに載せ、窓際の席に向かい合って座った。

「レバーがお好きなんですか」

浅丘は、嫌そうな顔をしないよう注意しながら訊ねた。自分にとって動物の肝臓ほど苦手な食べ物はない。見るのもお断りだ。

「いいえ。できれば食べたくないですね」

「じゃあ、どうして」意外な答えに、つい貞森の皿に視線を向けてしまった。「それを注文したんです？」

「鉄分を補おうと思いまして」

そう言えば、ひじきもほうれん草も鉄分が豊富な食材だ。

これも医者らしい答えに感心しながら、飴《あめ》色に焼き上げられた臓器から目を離した。

「ところで先生、ぼくとも一つ約束していただけませんか」

「どんな？」

「こんなことを改めて言うのは失礼だと十分承知していますが、姉の治療に全力を尽くす、と」

浅丘は頭を下げた。「お願いします」

「分かりました。ただし秀通さんにも、わたしと一つ約束してもらいますよ」貞森はふっと軽く笑った。「さっきから約束だらけですね。誰が誰とどんな取り決めをしたのか忘れてしまいそうだ」

「何でも約束します。遠慮なく言ってもらえますか」

「秀通さんは普段、喫煙していますね」

簡単に見抜かれて、やや狼狽《ろうばい》した。今日は家を出る前、軽くコロンをつけてきたのだが、それでも衣服に染み付いた煙草臭をすべて覆い隠すには至らなかったらしい。

「わたしがお姉さんを治すことができたら、秀通さんはまず、ポケットから煙草の箱を取り出してください。そして中身は残し、まず箱を捨てるんです。そうしてから、煙草をまとめて両手で持ち、雑巾《ぞうきん》をしぼるようにぎゅっとねじって二つにへし折って、これも屑籠《くずかご》か灰皿に放り込む。いいですね」

皮肉を交えたつもりか、ずいぶん回りくどい言い方だが、要するに、これからずっと禁煙してください、というわけだ。

「難しそうですけど……分かりました。約束します」

「それから秀通さん、いつか休みを取れそうですか」

「ええ。年休が溜まりに溜まっていますから」

「では近いうち、一緒にN海岸へ釣りに行きましょう」

4

「日本の海はっ」荒磯を歩きながら、貞森がこっちに向かって声を張り上げた。「海外の海に比べてっ、磯の香りが強いといわれますねっ」

「そうですねっ」

釣《つ》り竿《ざお》を構える前から疲れてしまいそうだった。怒鳴るようにして喋《しゃべ》らなければ、波の轟《とどろ》きに声が掻き消されてしまう。

帽子を押さえ、浅丘は空を見上げた。磯釣りにはあまり向かない天気かもしれない。風速は十メートルに近く、黒い海肌のうねりは大きい。

反対に、貞森の顔は晴れやかだった。背負っていた重荷からようやく解放された。そんな表情をしている。久しぶりの釣りが相当嬉しいらしい。昨日で実鈴は退院し、自宅から透析に通うようになった。そのため主治医にも少し時間ができたというわけだ。

「なぜだかご存じですか」

「考えたことありませんね」

「海流が強いからです」

「海流が強いと、なんで磯臭いんですか」

「プランクトンが、多く発生するからです」

まだよく分からなかった。

「磯のにおいの正体は、プランクトンの死臭なんですよ」

死臭……。授けてもらった知識は医学的、科学的ではあるのだろうが、知らない方がよかったかもしれない。風情も情緒も台無しにされた気分だ。

「案外、無粋ですね」

貞森に聞こえないよう呟き、釣り場を定めたところ、落雷かと思うほどの轟音《ごうおん》をともなない大波が一つ岩に当たった。

白い飛沫《しぶき》を浴びながら貞森は大きく竿を振った。

「大海《おおうみ》の、磯もとどろによする浪《なみ》、われて砕けて、裂けて散るかも。――わたしの一番好きな歌ですっ」

「……前言は撤回します」

無粋と評したことを小声で謝り、浅丘も貞森のすぐ隣で仕掛けをキャストした。

平日だから、あたりにはまったく人気がなかった。

「小さな約束をして、それを守ってみせる。そんな行為に、どんな意味があるんですか」

訊いてみたところ、貞森は照れたように笑った。

「薬を飲ませたり診察したりという医者の処置は、もちろんそれだけで患者を快方に向かわせます。でも、ああして患者から少しでも信頼を得るようにすると、もっと効果が上がるんですよ」

なるほど、と思わされた。

「そういえば、この前も実鈴さんと約束をしたんだっけ……」

「どんなですか?」

「ちょっとしたプレゼントを持ってきます、と。これですよ」

貞森は、身につけている赤いフィッシングジャケットのポケットから、小さな箱を取り出した。

「すみませんが、秀通さんから渡しておいてもらえますか」

縦、横、高さのいずれもが、七、八センチほどの箱だった。臙脂《えんじ》色をした絹の薄布で包装されている。

「中身は?」

「内緒です。ただちょっとだけ白状すると、院内を歩いているとき、あるものを目にしたんです。それが気に入ったので、真似をして買ってしまいました」

「分かりました。すぐに渡しておきます」

受け取った箱をバッグにしまった。

「それから、出ましたよ」

その短い台詞《せりふ》だけで、ＨＬＡの検査結果だと直感できた。

「残念ですが、不一致でした」

いったいどういうわけだろう。歓迎したくない言葉ほど、周囲がうるさくてもはっきり聞こえるものだ。

最初のアタリは、竿を構えてから五分もしたころにやってきた。釣り上げた魚は体長が四十センチほどのメジナだった。それから十分ほどすると、今度は三十センチほどのメバルがかかった。

一方、いまだ釣果のない貞森はリールを巻き上げ始めた。

「ちょっと場所を変えてみます」

「波が高くなってきてますから、気をつけてくださいね」

貞森がクーラーボックスを抱え、小高い崖《がけ》の方へ上がっていったため、一人で釣る恰好になった。

「ここだと魚影も見えますから、釣果も上がりそうですよ」

貞森の声に、浅丘は崖の上を振り仰いだ。

「いいですか、これからわたしがキャストするポイントが狙い目です。わたしの方をよく見ていてくださいね」

ちょうど何度目かの手応えがあった最中だが、リールを巻く手を休め、浅丘は貞森の方へ体を向けた。

貞森が竿を振りかぶり、ルアーを放った。

次の瞬間だった。貞森の体が急に沈んだ。足を滑らせたのだと悟ったときには、人体が岩に打ち付けられる鈍い音を耳にしていた。

「先生っ」

浅丘は竿もタモ網もその場に放り出し、崖下の岩場を目指して走った。

そこへ高い波が押し寄せた。浅丘も頭から波を被った。

顔から海水を払い、岩場に目を凝らしたが、そこに貞森の姿はなかった。いまの高波がさらっていったに違いなかった。

浅丘は海に目を凝らした。三十メートルほどの沖合、白く砕ける波間に、何やら赤いものが浮いている。貞森のフィッシングジャケットだ。離岸流に乗ったらしく、見る間に遠ざかっていく。

声を張り上げ周囲に助けを求めながら、浅丘は携帯電話を取り出した。

「事故です。人が崖から足を滑らせて、波にさらわれました。場所はN海岸の磯釣り場です」

自分では落ち着いていたつもりだった。消防署に連絡する声が震えたりはしなかったし、深呼吸をするだけの気持ちの余裕もあった。

——救助が可能なのは、相手の体重が自分の三分の一以下であるときのみだ。それ以上になると、しがみつかれた場合、二次災害が起きる。したがって水溺者《すいでき》を発見しても、けっして早計に飛び込んではならない。

警察学校時代に受けた水難救助講習。そのとき教えられた内容をはっきり思い出すことができたし、波打ち際で赤いフィッシングジャケットを目で追いながら、頭の中で幾度か反芻《はんすう》もしていた。

だが、体が勝手に動くのを止めることはできなかった。

気がついたときには荒磯の岩を蹴《け》り、泡立つ波の中に飛び込んでいた。

5

目が覚めるとベッドの上にいた。

ベージュ色の天井材に設けられた吸音孔のパターンからK病院だと知れた。

壁に目をやり驚いた。カレンダーがいつの間にか師走《しわす》のものに替わっていたからではない。その隣に貞森が描いたあの絵が掛けてあったからだ。

ここは以前、実鈴が入っていた五一三号室なのだろうか。だが、いま窓の外にある景色は、姉の病室から見えたものとはまるで違っている。だとしたら、なぜこの絵がある？　貞森は同じ題材で複数描いていたということか……。

ナースコールのボタンを押してみたところ、看護師が四、五人、一斉にやって来た。

「まる二日間完全に意識を失っていて、その後の二日間も朦朧《もうろう》とした状態でしたよ」

看護師の一人からそう教えられた。二日間も覚醒《かくせい》しなかったとしたら、こうして看護師たちが押しかけてくるのも無理がないかもしれない。

どうやら海に飛び込んだあと、岩場で頭を打ってしまったらしい。そういえば、まだ後頭部に強い痛みが残っている。左足の大腿骨《だいたい》には罅《ひび》が入ったらしく、いまは動けない状態だった。

ベッドサイドのテーブルには千羽鶴が置いてあった。意識を失っている間、署の誰かが見舞いに来てくれたようだ。黒い鶴は交じっていない。刑事課と違い、地域課の連中は総じておとなしい。

姉の顔を思い浮かべた。自宅に連絡しようとしたところ、間のいいことに、その実鈴が病室に姿を見せてくれた。

「ありがとう」

実鈴は何よりも最初に、その一言を口にした。主治医であり、想いを寄せる相手でもあった男。彼を抱え岸まで引っ張ってきた。それに対する、患者としての、そして女としての礼だろうか。

なぜか実鈴も患者衣を着ていた。いったんは退院した姉だが、聞けば、三日前から再入院する必要が生じたとのことだった。

「わたしの方は、三週間ぐらいまたここにいなきゃいけないの。あんたの方が先に退院できると思う」

そうは言うものの、病状が悪化したようには見えなかった。むしろ顔色は前よりだいぶよくなっている。そう指摘してやると姉は歯を見せた。

「おかげさまでね。――見てごらん」

実鈴は入院患者用のサンダルを脱ぎながら、持っていた紙袋から例のウォーキングシューズを取り出した。二十三・五センチの足は、同じサイズの靴にすんなりと収まった。透析治療の成果はだいぶ上がっているようだ。

「姉さん。ここって、五一三号室か」

「違うって。ここは七〇五号室。外科のフロア」

「だったら」壁の絵を指差した。「なんであれが、ここにもあるんだ」

「先生のじゃないよ。それはわたしの絵なの」

体の向きを変え、額縁に目を近づけてみた。やはり右隅にはSADAMORIとのサインがある。

「どういう意味？」

「わたしが退院したときに、貞森先生からこの絵をもらったのよ。それをわたしがあんたに貸しているわけ」

こっちが意識を失っているあいだに、看護師に頼んでここへ掛けてもらったようだった。

「で……。どうなった？ 先生は」

実鈴はしばらく俯《うつむ》いたあと、また紙袋に手を入れた。次にそこから取り出してみせたのは赤いフィッシングジャケットだった。やはり助からなかったようだ。

どうして姉が彼の遺品を持っているのか。経緯がよく分からなかったが、もう問い掛ける元気がなかった。

貞森は誤って崖から岩場に転落、頭を強打し死亡した。司法解剖後に警察が出した見解にしたがって、この一件は事故死として処理され、遺体はすでに火葬された。

そう語った実鈴の声は静かだった。悲しみが吹っ切れた、という状態なのだろうか、無理に感情を押し殺しているふうではなく、自然な淡々とした口調だった。

その実鈴は、ベッドサイドに置かれていた見舞いの品々に目をやった。

「あんたももらったの？　これ」

見舞い品の中には商品券が含まれていた。病院の隣に建っているデパートで使えるものだ。いまの口ぶりからすると、実鈴も同じものをもらったらしい。

「じゃあ、あんたが退院するとき、お祝いをするよ。家に戻る前に、わたしに声をかけて。一緒に隣のデパートへ行って、まずはお昼を食べよう。その後で何か買ってあげる」

「分かった。おれも姉さんが欲しいものをプレゼントするよ」

「じゃあ、お互い何を買ってもらうか考えておこうか」

頷いて思い出した。貞森から預かったものがあったはずだ。

幸い、釣りに持参した自分のバッグは枕元に置いてあった。浅丘は、そのなかから臙脂色の絹に包まれた小箱を取り出し、実鈴に渡してやった。

「先生から、姉さんにって」

小箱を受け取ると、もう一度礼の言葉を残し、実鈴は出て行った。

しばらくすると、今度は警察の上司が姿を見せた。N署の地域課長の江田《えだ》だ。なぜか刑事課長の谷口も一緒だった。

「おれに感謝しろよ」スツールに腰を下ろしながら、江田がいつもの悪声を出した。「事故があった日のうちに、消防に手土産持参で頭を下げてきた。おかげで、おまえのクビはまだ繋《つな》がってるってわけだ」

江田の隣に座った谷口が、ふっと短く笑う。

「申し訳ありませんでした」

水難事故に際しての原則を守らず、海中に飛び込んだ。救助に余計な手間をかけさせたに違いない自分の無謀さは、当然非難されるべきだ。反論はできない。

それにしてもちょうどよかった。彼らに話しておきたいことがある。この二日間、朦朧とした意識のなかで考えた一つの仮説。それを伝えておかなければ。

「はっきりした証拠はありませんが」そう前置きしてから浅丘は言った。「貞森先生は、自殺したのではないでしょうか」

——近いうちに犯人が判明するような気がします。

彼の言葉が思い出された。もしかして、轢き逃げ事件の犯人は、貞森だったのではないか。事件以来、良心の呵責《かしやく》に苛《さいな》まれつつも、かろうじて貞森は耐えていた。だが、あの事件の捜査で体を壊した実鈴の姿を見て、ついに限界に達した。そういうことではないのか……。

「先生は、うっかり足を滑らせたふりをして、故意にあの崖から落ちた。そうわたしには思えてならないんです」

「だとしたら」それまで黙っていた谷口が身を乗り出してきた。「なぜ彼はきみを釣りに誘ったりした」

答えに窮した。

自殺を望むなら一人の方が好都合だ。そばに第三者がいれば、絶命する前に救助されてしまうかもしれない。そのリスクを冒してまで、他人をあの場に同伴させた理由は何だ……。

——わたしの方をよく見ていてくださいね。

彼が最後に発した言葉から考えれば、死に際の目撃者を欲した、ということになりそうだ。だがその解釈にも、なぜ、という疑問はついて回る。

「いまの話は聞かなかったことにする」

谷口の言葉に黙って頷くしかなかった。たしかに何を言っても後の祭りだ。貞森の葬儀は終わった。遺体は荼毘《だび》に付されたのだから、検死や解剖をやり直すことはもはや絶対にできない。

「おれに感謝しろよ」

ふいに先ほどと同じ台詞を繰り返した江田の真意が分からず、浅丘は瞬《まばた》きを重ねた。

「……はい。おかげさまで命だけは無事でした」

「そうじゃない。こっちの件だ」

江田は、上着の胸ポケットに挿し込んでいた書類を引っ張り出すと、それを毛布の上に放り投げるようにして置いた。

思わず何度も頭を下げていた。目脂《めやに》のせいか、それとも薄く涙が出たせいか、視界にあるものの輪郭がぼやっと霞《かす》む。そのため、本当は赤いはずの紙が、いまはピンク色に見えていた。

「ただし天狗《てんぐ》になるなよ」江田の分厚い手がこっちの肩を摑《つか》んできた。「まあ、おまえに見所があるのは確かだが、何よりも今回のチャンスは、刑事課に一人分空きがでたせいだからな」

「ということは、どなたか辞められたんですか」

「なんだ、まだ聞いていなかったのか」

谷口が懐から警察手帳を一つ取り出した。

視界はぼやけたままだったが、その表紙に刻まれた特徴を見落とすはずもなかった。斜めに走った傷は、それだけ深く焦茶色の革に刻まれていた。

6

松葉杖《づえ》を使うのは、高校時代に参加したスキー教室で転倒して以来のことだから、十五年ぶりになる。

外科病棟から内科病棟に接続する渡り廊下には、ありがたいことに「動く歩道」が設置されていたので、遠慮なく利用させてもらった。

姉との約束は午後一時だった。時間ちょうどに待合室に行くと、実鈴はもうソファに座って雑誌を捲《めく》っていた。人工透析の効果には目を瞠《みは》るばかりだ。本当に入院の必要があるのだろうか。いまは患者衣から普段着に着替えている。そのせいもあるのだろうが、以前の健康だったころとまったく変わらない様子だ。

肩を並べて病院から出た。

デパートに向かっている間、実鈴と言葉は交わさなかった。

――辞めるなんて、もったいないって。なんでだよ?

もう何度か発した質問を繰り返したところで、また答えをはぐらかされるだけだろう。

真っ直ぐ歩こうとはしているのだが、どうしても体が左右に揺れてしまう。これには閉口したが、幸い、デパートのバーゲンセールは昨日で終了している。今日の客足なら、多少ふらついても他人にぶつからずに済みそうだ。

まずはエレベーターで最上階のレストラン街に行き、洋食店に入った。

「あんたの分、わたしがオーダーしてもいい?」

「いいけど」レバー定食だけはやめてくれと願いながら、念のため訊いてみる。「何を頼むつもり?」

「牛レバー定食」

「……嫌がらせのつもりか」

「その反対だって。姉なりの愛情よ」

「言っていることが、よく分からないんだけど」

「あんた、いま、実は悩みに悩んでいるでしょう。刑事になれそうだけれど、本当に自分に務まるのか。猛者ばかりの集団で足手まといになるんじゃないのか。もしかしたら辞退した方がいいんじゃないのか、って。つまり、大きな決断を迫られている」

図星だった。

「貞森先生に教わったんだけど、そんなときはね、とにかく鉄分を摂取するのが一番なんだって」

つまり、悩み過ぎた脳というのは酸欠を起こしている状態である。これを回復させるには酸素を供給してやらなければならない。すると必要なのはヘモグロビンだ。ヘモグロビンの材料となるのは鉄分である、というわけね——。

姉の説明を聞きながら浅丘は、いつか一緒に病院の食堂で、貞森と向かい合ったときのことを思い出していた。貞森もまた、あのときからすでに、自分の身の振り方について悩み抜いていた、ということかもしれない。

我慢して牛の肝臓を胃袋に詰め込んだあと、五階にあるスポーツ用品売り場へ向かった。釣り具も扱っているこのフロアで、浅丘は、小さめのタモ網を一つ選んで手に持ってみた。前に所持していたものは、貞森を助けようとしたときのどさくさで紛失してしまっていた。四段階伸縮のアルミ製。値段は二万円近くする製品だったが、実鈴が商品券で会計を済ませてくれた。

次に向かった先は四階の鞄《かばん》売り場だった。実鈴が望んだものはスーツケースだった。ポリカーボネイト製のハードタイプが欲しいという。

退院したら近場の観光地でも回ってくるつもりか。それがいいと思う。この数日間で、姉は抱えきれないほど多くの感情を味わったはずだ。静かな温泉場あたりで独りになり、ゆっくりと気持ちを整理すればいい。

「これがいいんじゃないの」

自分の手は、無意識のうちに黒いケースを指差していた。貞森の死。喪に服すという気持ちがどこかにあったのかもしれない。

「駄目。旅行バッグの類《たぐい》は、できるだけ明るい色じゃなきゃ」

「どうして」

「あんたさ、刑事になれそうなんでしょ」

誰かさんのおかげでね——余計な台詞は言わず、「順調にいけば」とだけ応じておいた。

「そのくせ色彩心理学ってやつを知らないの？　暗い色だと重く感じるから駄目なのよ。これは常識」

そう答えた実鈴の目は、薄い黄色の四輪タイプに向いている。大きさは、小、中、大、特大の四種類だ。それらが階段のように並んで展示されていた。

浅丘は「大」のケースに顎《あご》をしゃくった。「こんなのは必要ないよね」

「うん」

続いて「中」タイプに手を置いた。「じゃあこれにする?」

実鈴は首を横に振った。

「じゃあこれだな」

「小」のケースをレジに持っていこうとした。

「待って。ちょっと考えさせてもらえる?」

「いいよ。それじゃあ、おれはあっちで一服しているから」

実鈴に商品券を渡し、エレベーター脇に設けられた喫煙所の方を指差してから、浅丘は売り場を後にした。

喫煙所の窓からは隣のK病院が見えた。

高い鼻梁、締まった頬、薄く生えた無精髯……。目蓋の裏に浮かんだのは、初めて会った日に見た貞森の面影だった。

四日前の十二月一日、江田と谷口が見舞いに来た日の夕方に、彼が所持していた乗用車のフロントグリルからケブラー繊維が検出された。

その情報に接しても、実鈴は動揺した素振りを見せなかった。

——近いうちに犯人が判明するような気がします。

あの貞森の突飛な言動から、彼女もまた、犯人が誰なのか薄々勘づいていたのではないかと思う。

口元が寂しくなり、マイルドセブンの箱を取り出そうとポケットに手をやったとき、

「お待たせ」

実鈴の声がしたので振り返った。

煙草の箱を持つ手を途中で止めたのは、彼女が「特大」のケースを引っ張っていたからだ。

「大きくて悪いけれど、これ、持ち帰ってわたしの部屋に置いといて」

「ちょっと待った」

「いいの、これで。値段なら大丈夫。五万円以上したけれど、商品券で足りない分はわたしが自分で出したから」

「そんな問題じゃないって。いったい何泊の予定なんだよ」

【十日以上のご旅行向け】。持ち手部分に括《くく》りつけられた説明タグには、大きな活字でそのように書いてある。

「長い旅なんて無理だろ。治療はどうするのさ」

実鈴はこれから先も、週に二、三回はK病院で人工透析を受けなければならないはずだ。退院したとしても事情は変わらない。この場所を長く離れることはできないのだ。

「治療はね、実はもう終わったの。一番大きな治療は」

「……どういう意味だよ、それ。いつやった？」

「あんたが気を失っているあいだに。——ごめん。まだこれを見せてなかったよね」

実鈴は持っていたハンドバッグを開けた。

そこから彼女が取り出したのはＡ４判の紙だった。標題の部分にある文字は「婚姻届受理証明書」と読めた。その下には、二名分の名前が印字してある。先日命を落とした医者と、そして姉の名前が。

その用紙をバッグにしまったあと、実鈴の手には書類に代わって小さな箱が載っていた。材質は紫檀《したん》だろうか、磨き込まれて艶《つや》を放っている。

箱のサイズは一辺が七、八センチほどだ。臙脂色をした絹の包装こそもう取り去られているが、大きさからして貞森からのプレゼントであることは間違いなかった。

実鈴の手が箱を開いた。

コッと耳に心地のよい軽い音がし、中身があらわになった。

最初に目に入ったのは白いクッションシートだった。

その中央に埋まっているものは指輪だ。爪は丸みを帯びた優しいデザインをしている。石座に納まる赤い石は瑪瑙に違いなかった。

――院内を歩いているとき、あるものを目にしたんです。それが気に入ったので、真似をして買ってしまいました。

そう貞森は言っていた。「あるもの」とは、待合室の掲示板にあった一枚のポスターだったようだ。赤い瑪瑙を図柄に使った、新しい制度の開始を告げる一枚の――。

実鈴が指輪を左の薬指に嵌《は》めたとき、貞森が死に際の目撃者を欲した理由に思い至った。自殺の場合は親族への優先提供はできない。だから事故だと証言してくれる第三者が必要だったわけだ。

窓から差し込む午後の陽光を受け、柔らかい輝きを放つ瑪瑙のなかに、浅丘はもう一度、一人の医師の面影を思い描いた。

しばらくそうしてから、浅丘は、手にしていたマイルドセブンの箱を開いた。そこからまず十本近く残っていた煙草だけを取り出し、箱の方は手近にあった屑籠に捨てた。続いて、煙草をまとめて両手で持ち、ぎゅっと雑巾をしぼるようにして二つにへし折ってから、これも屑籠に放り込んだ。

初出

「最後の良薬」　「小説　野性時代」二〇一四年三月号
「涙の成分比」　「小説　野性時代」二〇一五年六月号
「小医は病を医し」（「小医は病を治し」改題）　「小説　野性時代」二〇一五年四月号
「ステップ・バイ・ステップ」　「小説　野性時代」二〇一四年六月号
「彼岸の坂道」　「小説　野性時代」二〇一五年九月号
「小さな約束」　「小説　野性時代」二〇一四年九月号

長岡弘樹（ながおか　ひろき）
1969年山形県生まれ。筑波大学第一学群社会学類卒業。2003年「真夏の車輪」で第25回小説推理新人賞を受賞し、05年『陽だまりの偽り』でデビュー。08年「傍聞き」で第61回日本推理作家協会賞短編部門を受賞。13年刊行の『教場』は「週刊文春ミステリーベスト10」国内部門１位、「本屋大賞」６位などベストセラーとなった。他の著書に『線の波紋』『波形の声』『群青のタンデム』『教場２』『赤い刻印』などがある。

白衣《はくい》の嘘《うそ》

2016年9月25日　初版発行

著者／長岡弘樹《ながおかひろき》

発行者／郡司 聡

発行／株式会社KADOKAWA
東京都千代田区富士見2-13-3　〒102-8177
電話 0570-002-301（カスタマーサポート・ナビダイヤル）
受付時間 9:00〜17:00（土日 祝日 年末年始を除く）
http://www.kadokawa.co.jp/

印刷所／大日本印刷株式会社

製本所／本間製本株式会社

ISBN 978-4-04-103731-7　C0093